JN211416
踊り場姫コンチェルト
岬 鷺宮
Misaki Saginomiya
The revolving star &
A watch maker

PROGRAM

The revolving star & A watch maker

イラスト／mocha　デザイン／鈴木 亨

踊り場姫コンチェルト

The revolving star &
A watch maker

岬 鷺宮
Misaki Saginomiya

The revolving star & A watch maker | Prelude

プレリュード

「続きまして、県立伊佐美《いさみ》高校の演奏です。課題曲は『花の序曲』。自由曲は――」

――学校紹介アナウンスを聞きながら、鼓動が加速していくのを感じていた。

手の平に、じわりと汗が噴き出す。

ピストンに添えた指が震えそうになる。

舞台から見下ろす客席は深海のような暗がりに沈んでいて、演奏を終えた、あるいはこれから演奏をする学校の生徒たちが、その底からじっと僕らを見つめていた。

吹奏楽を始めて、今年でもう四年目になる。

場数もそれなりに踏んできた。

それでもこの感覚は……本番直前の緊張感は、初心者の頃と変わらない。

――大丈夫だ。

手の平をズボンでぬぐいながら、心の中で自分に言い聞かせた。

いつもどおりにやれば、僕らは先へ進める。

僕らには――それだけの力があるはずなんだ。

隣で真剣な顔をしている莉乃《りの》ちゃん先輩に、今もどこか余裕がありそうに見える金《かな》山《やま》先輩。

伽耶《かや》はクラリネットパートの中で、食いつくように前を見つめている。

ケンカになりかけた山名《やまな》先輩も、散々言い合った錦戸《にしきど》先輩も、今はその厳しい顔つきが頼もしい。

そして、僕らの中心にいる彼女。

指揮台の上の——藤野《ふじの》楡《にれ》先輩。

彼女は普段と変わらない無表情で、一本の木みたいにまっすぐそこに立っていた。

——なんだか、笑ってしまいそうになる。

ああ、そうか。

この人は、こんなときまで。

コンクールまっただ中の今ですら、いつもの楡先輩のままなんだ。

壊れそうに高鳴っていた心臓が、少しだけ落ち着きを取り戻す。

空回りしていた頭の歯車が、ようやく嚙《か》み合いはじめる。

……うん、いけるぞ。

直感的に、そう思った。

今日の演奏は、きっと良いものになる。

アナウンスが終わり、楡先輩が客席に一礼した。

聴衆の拍手がホール内に響き渡る。

さざ波のようなその音をＢＧＭに、楡先輩はこちらに向き直り……右手の指揮棒を掲げた。

さあ――僕らの音楽の始まりだ。

トランペットを口元に寄せ、マウスピースに唇を当てる。

そして、楡先輩の右手が振り下ろされるのに合わせて、僕はこれまでの練習の日々を。

皆と過ごした四ヶ月間を、楽器に吹き込んだ。


――音が弾《はじ》ける。


あふれ出す、ハーモニーの奔流。

金管の和音があでやかに響き、木管のトリルがそれを彩る。

パーカッションの大胆なアタックは、強烈な威力を持って客席に轟《とどろ》いた。

僕たちの気持ちが、重ねてきた時間が、音になっている――。

そんな感覚が、身体《からだ》中を駆け抜けていった。

――薄暗い朝の音楽室。
――橙《だいだい》色に染まった帰り道。
――月明かりに滲《にじ》む渡り廊下。
そのすべてを今――僕らは一つの「音楽」に変えて、ホールの観客席に届けている。
そして、音の渦の中で軽やかに指揮を振り続ける楡先輩。
彼女の一振りで、投げかける視線で、音は無限に変化していく。
その姿は、スポットライトを浴びてひらひら舞い踊る、音の化身みたいに見えた。

――ふいに彼女と目が合った。
じっとこちらを見る、漆黒の瞳。
これまで何度も僕を射貫《いぬ》いてきた、まっすぐな眼差《まなざ》し。

その深い色合いに、虹彩《こうさい》にきらめく星のような光に――僕は彼女との「協奏曲《コンチェルト》」の始まりを思い出す。

The revolving star & A watch maker ♪

The first movement

第一楽章

踊り場の姫

幻想的に凪《な》いだ浜名湖《はまなこ》の水面に、半月が淡く揺らめいていた。

四月の夜。

人気のない校舎は静まりかえっている。

吹き抜ける潮風。灯《あか》りの消された校庭。

渡り廊下から見上げると、浮かぶ雲の隙間にカシオペア座がのぞいていた。

……ふいに、頭の中で「たなばた」が流れ出した。

酒井格《さかいいたる》作曲。雄大なイントロから始まり、ユーフォとサックスのロマンチックなソリを挟んで感動的なエンディングを迎える、有名吹奏楽曲。

正式名称は「The Seventh Night of July」というらしいけれど、周りは皆「たなばた」と呼んでいて、僕の中でもそっちの印象が強かった。

僕が初めて「たなばた」を演奏したのは、もう二年前。

中学二年生の夏の大会のことだ。

満天の星空を思わせる美しい曲調に当時は深く感動したし、今でもこうやって夜空を見上げる度に、Ｂパートのメロディが頭の中で流れ出す。

……とは言っても、今自分が置かれている状況は、これっぽっちもロマンチックじゃないのだけど。

「はぁ……」

ため息をつき、校舎の外階段を一段ずつ上っていく。

まさか、明日提出予定のプリントを忘れてしまうなんて。

入学早々、テンションの下がるミスだ。

鍵を貸してくれた残業中の担任は「え！　いや、あのプリント、今週中に出してくれればいいんだが……」と驚いていた。

今日は月曜日。確かに、期限まではまだ日がある。

でも、そういう問題じゃないのだ。

提出物は最短最速で出さないと気持ち悪いのだ。

自分の性格的に。

「……まあ、伽耶は『また無駄なことを』って言うだろうけどさ」

独りごちながら、吹き抜けた夜風に体を震わせた。

もう桜も散ったけれど、夜はずいぶんと冷え込むらしい。

さっさとプリントを回収して帰ろう。風邪なんか引いたら目も当てられない……。

軽く息を切らしながら、三階を通り過ぎた。

四階に着いたら校舎内に続く扉をくぐって、音楽室の横を通って廊下を突っ切り、建物の西端に着けばそこが一年七組。僕のクラスだ。
あとは机からプリントをゲットすればミッション終了。晴れて帰宅の途につける。
順調にいけば、九時には家に帰れるはず――。
――けれど。
四階に続く踊り場に着いた僕は、
「……えっ……」
目の前の光景に、思わず足を止めていた。

それは最初――つむじ風に巻き上げられた花びらたちに見えた。

クルクルと舞う白い影。
誘うように揺れる、鮮やかな模様。
動きに合わせて、足下の月影がめまぐるしく形を変える。
一瞬の硬直を挟んで――気が付いた。
――女の子だ。
――夜の踊り場で、女の子が踊っている。

時折伸ばされるしなやかな手足。

軽やかに流れる長い黒髪。

華奢《きゃしゃ》な体にまとわれたブレザーが、スカートのマドラスチェックが、振り付けを追いかけてはためくように揺れる。

整った顔は淡い光に照らされ、白い肌がぼんやりと滲んで見えた。

両耳から伸びているのはイヤフォンコードだろうか。

その先は、ブレザーのポケットに収まっている。


……驚くよりも先に、夢を見ているような気分になった。

見たことのない不思議なステップと、時折決められる変わったポーズ。

バレエでも、日本舞踊でもない。

ほのかな灯りの下、自分だけの踊りを踊る一人の女の子。

そしてなぜだろう……僕は彼女から目を離せない。

その振り付けには、言葉にできない魅力が。

息をのむほどの美しさが。

根源的な感情が込められているような気がして。

身動きできないまま、どれくらい時間が経《た》っただろう。

彼女がターンをして、こちらを向く。

大きな目がまっすぐ僕をとらえた。

動揺も見せず、じっとこちらを見る瞳。

……どうやら、踊りは終わったらしい。

そこでようやく——疑問が頭にあふれ出した。

……な、なんなんだ、この人。

こんなところで、何をしてるんだ？

もしかして、危ない人か？　いや、そういう風には見えない。

ていうか、何か言わなきゃ！

えっと、ええっと……、

「……こ、こんばんは」

……いや、なんだよ「こんばんは」って！

「何してるんですか？」とか「ちょっとそこ通らせてくださいね」とか、もうちょっとふさわしいセリフがあるじゃないか……！

間抜けな発言を恥じていると、彼女は首をかしげ鈴の鳴るような声でこう言った。

「——こん、ばんは」

……こちらを見つめる彼女は夢のようにきれいで。

この世のものとは思えないくらい儚《はかな》げで。

僕は声も出せないまま、もう一度息をのむ——。


♪


「——あー。それ、『踊り場姫』じゃない？」

翌日の朝。

HR前の、短い時間。

昨晩の出来事を話すと、目の前の席に腰掛けた夏野《なつの》伽耶《かや》はそう言った。

ツンとした印象の猫目が、なぜか不機嫌そうにじっとこちらを見ている。

「踊り場姫？　なにそれ」

「知らないの？　伊佐美高校七不思議の一つ」

頬杖《ほおづえ》をつき、伽耶は指折り七不思議を挙げはじめる。

「『第二体育館裏の百年階段』『四月四日にだけ開く屋上の鍵』『生物部準備室の動く

標本』『数学教師斎藤《さいとう》の疑惑の髪型』『夜の校舎の踊り場姫』。康規《こうき》が見たのは、多分その『踊り場姫』よ」

「へー、そうなんだ。この学校にも、そういうのがあるんだなー。……あれ？　今言った不思議、五個だけじゃない？　あと二個は？」

「ううん、ないよ。これで全部」

「七不思議なのに五個だけ⁉」

いい加減すぎるだろ……！

しかもそのうちの一個は、ただの先生いじりだし……。

「相変わらず細かいわねー。まあいいじゃない、七不思議が五個でも百個でも」

「百個も不思議がある学校とか怖すぎるでしょ……」

脱力しながら、辺りを見回す。

生徒の集まりはじめた一年七組の教室は、雑談の声で賑《にぎ》わっていた。

入学して二週間。そろそろクラス内では、グループ構成や生徒のポジションが見えてきた気がする。

高校に入れば、それまでとは違う生活が待っているんじゃないかなんて思っていた。

けれど、

「──昨日さー、こいつライン誤爆してさー！」

「──マジ⁉　私、陸部の柏田《かしわだ》先輩知り合いだよ！」

「──『クロドラ』やってる？　最近俺らハマってるんだけど……」

……この分だと中学の延長線上みたいな毎日が繰り広げられることになりそうだ。

もちろん、それはそれで決して悪くない。

これから僕はちょっとばかり「忙しい毎日」を送ることになりそうだし、教室くらいは落ち着ける場所であってくれるとうれしい。

「で」

伽耶の声に、もう一度彼女に向き直った。

「そのあと、康規はどうしたの？」

「え、どうしたって？」

「だから、踊り場姫に何かしなかったの？　幽霊かどうか確認したり、なんでそんなことしてるのか聞いたりとか」

「……いや、普通に横を通って、プリント回収して帰ったけど」

「相変わらず面白みのないやつね」

腕を組み、伽耶は唇をとがらせた。

「せっかくの機会なんだから、正体を突き止めてやればよかったのに」

「そんな雰囲気じゃなかったんだよ」

「超怖かったとか？」

「あー、そうじゃなくて、なんていうか……」

言いながら、あのときの光景を思い出す。

月明かりの中、クルクル踊る踊り場姫——。

「すごくきれいで、触れちゃいけない感じがしたというか……」

——今でも、夢だったんじゃないかと思うのだ。

夜空の下。彼女のたたずまいはちょっと絵になりすぎていて、現実じゃなかったと思う方がしっくりくる。

「……ふーん」

伽耶の目が、なぜか一層不機嫌そうに眇《すが》められた。

「そう。まあ、どうでもいいんだけどねそんなこと。……ったく、朝からオチもない話しないでよ」

……あれ？

なんだか、怒らせてしまったっぽい……。

この子とは、幼稚園の頃同じ組になって以来の仲だ。

中学では同じ部活に入って一緒に頑張ってきたし、家族ぐるみで仲良くしているし、僕なりに大切にも思っている。

それでも、時々こんな風に突然怒り出すことがあって、どうすればいいかわからなくなってしまう。

「……そうそう！　今日は吹奏楽のパート決めだよね！」

できるだけ明るい声で、僕は話を切り替えた。

「僕は相変わらずペットにしようと思ってるけど、伽耶はどうする？　やっぱりクラリネット？」

「……うん。クラ」

伽耶は小さくうなずいた。

「ていうかそれ、この間も言ったよね？　私、高校でもクラにするって。何回同じこと言わせるのよ」

しまった。また地雷を踏んだらしい。

「どうでもいい話は熱心にするくせに、ほんと人の話聞いてないわよね。昔からずっとそう。そんなだから康規は――」

「――おっ、また夫婦げんかですか！」

無駄に元気の良い声が、会話にカットインしてきた。

「朝から見せつけてくれますなーご両人！　今日はどうした⁉　梶浦《かじうら》の浮気か⁉」

見れば、クラスの男友達、菅原《すがわら》がニヤニヤしながらこっちへ向かってくるところだった。

「夫婦じゃないわよ！」

派手な音をたて、伽耶が椅子から立ち上がる。

「これのどこがそう見えるってのよ！　朝からバカなこと言わないで！」

……ナイス菅原！　怒りの矛先が僕からそれてくれた！

一度スイッチが入ると、伽耶は止まらない。

ジュースなりお菓子なり、みつぎものをするまで怒りは収まらないのだ。

でも今回は、手痛い出費を回避することができそうだ！

「どこがって……どこからどう見てもおしどり夫婦じゃないですかー！」

「ふざけないで！　私たちはただの、ありふれた幼なじみよ！」

「幼なじみから恋愛感情が芽生え……よくある展開ですな！」

「……もう！　なんなのよこいつ！」

そう叫ぶと、伽耶は鬼の形相で僕の方を振り返った。

「もう限界！　康規！　私やっぱクラやめてチューバにする！」

「え！　なんで⁉」

チューバといえば、重さ十キロくらいある金管最低音楽器だ。

高音木管のクラとはサイズも役割も全然違うぞ……。なんでそんな急に……。

「決まってるじゃない！　あれでこいつぶん殴ってやるのよ！」

「ちょ、やめて！　死んじゃう！　そんなことしたら死んじゃうから――」


♪


――静岡県立伊佐美高校。

静岡県浜松市《はままつし》、浜名湖沿いにあるごく普通の高校だ。

進学校ではあるけれど、市内ナンバーワンというほどでもない。

部活にもそれなりに力を入れているけれど、あくまでそれなり程度。

校舎も古すぎず新しすぎず、この地域の他の学校と同じく東海地震の発生に備えて耐震工事だけはしっかりされている。

そんな特色のない高校に僕と伽耶が進学を決めたのは、「学力」「立地」以外にもう一つ理由があった。

「――というわけで、今年の僕たちの目標は『全国大会出場』です」

放課後の音楽室。

ミーティングの冒頭で、吹奏楽部部長である金山先輩はそう言った。

「毎年、静岡県からは決まった強豪校ばかりが全国に出場しています。私立御前崎《おまえざき》高校、県立熱海《あたみ》西《にし》高校の二校ですね。浜松市の高校からの出場は、ここ五年以上ありません。そこで僕たちは――その流れを断ち切り全国出場を果たしたいと考えています」

高い背に穏やかな顔。

長めの茶髪が柔らかな雰囲気によく似合う、なかなかの男前だ。

ただ、いかにも「優男」な外見にそぐわずその言葉は端的だ。

堂々とした態度もあって、全体に切れ者っぽい雰囲気を漂わせている。

「新入生の皆さんにとっては寝耳に水かもしれませんが、二年生と三年生、全員で考えて打ち立てた目標です。ぜひ一緒に頑張ってもらえればと思っています。よろしくお願いしますね」

彼の目の前。音楽室内には、六十人近い生徒たちがいた。

伊佐美高校吹奏楽部の部員と、僕ら入部希望の一年生たちだ。

隣に立つ伽耶を見る。

今朝方の怒りはすでに晴れたらしい。彼女はその目に強い意志を光らせ、僕にこくりとうなずいて見せた。

——吹奏楽連盟主催「全日本吹奏楽コンクール」で、全国大会出場。

僕たちが目指すのは——それだった。

なんとかして全国の舞台、名古屋《なごや》国際会議場センチュリーホールで演奏してみたい。

この学校に入ることを決めたのも、「伊佐美の吹奏楽、来年は全国目指すよ」という知人の一言がきっかけだ。

「今度こそ、やるわよ」

「うん、中学のときのリベンジだね……」

つぶやくように言う伽耶に、僕は小さく笑って見せた。

——三年ほど前のこと。

中学生だった僕らは、なんとなくかっこよく見えた吹奏楽部に入部し、楽しく演奏する毎日を送っていた。

演奏技術はそこそこ、大会での結果もそこそこ。

それでも十分満足していたし、それ以上どうしたいという気持ちもなかった。

だけど……もうすぐ三年生になろうというある日、見てしまったのだ。

全日本吹奏楽コンクール、全国大会、中学生の部の映像を。

——すべてが桁違いだった。

演奏、真剣さ、客席の盛り上がり……。

自分もこのステージに立ちたいと思うのはごく自然なことだったと思うし、そこから僕らが重ねた練習も、我ながら熱心なものだったと思う。

そして、迎えたコンクール。

結果は、東海大会で銀賞。全国大会には一歩届かなかった。

あのときは、悔しくて悔しくて皆でワンワン泣いたものだった。

だから今度こそ……全国大会の舞台に上がってみたい。

あのとき叶《かな》えられなかった夢を実現したくて、僕と伽耶はこの県立伊佐美高校に入学したのだった。

「——ですから、これから行うパート分けは重要な選択になってきます」

金山先輩が話を続ける。

「皆さん、納得のいくようじっくり考えてパートを選んでください。そして、もし希望どおりにならなかったとしても、できれば別の楽器で頑張ってもらえればと思います。すべての楽器に、それぞれ他にはない魅力がありますからね。きっと楽しむことができるはずです。では……始めましょうか！」

「はい！」

先輩部員たちから、歯切れの良い返事が上がった。

慌ててそれに続きながら、僕はじんわり緊張感を覚えはじめる。

さあ……部活生活、最初の別れ道がやってきたぞ。

三々五々、新入生たちが希望するパートの先輩たちの元へ向かう。

金山先輩の説明のとおり、これから行うのは「楽器決め」だ。

金管に木管、打楽器など、いろいろな楽器を使用する吹奏楽だけど、各パートに所属できる人数は部活全体の規模によって決まってくる。

あまりにたくさんの希望者が集まったパートはオーディションでメンバーを選ぶ必要があるし、人手の足りないパートは余ったメンバーを引き込まなきゃいけない。

その調整をするのが、「楽器決め」というわけだ。

自分が希望する楽器、トランペットは基本的に人気のあるパートだ。オーディションが行われるのは多分間違いない。

経験者である以上、そうそう落ちることはないと思うけど……学校によっては教育上の配慮からか「経験者と未経験者を同数合格させる」というルールがあったりもする。油断は禁物だ。

「――やあ康規！　ひさしぶりー！」

トランペットパートの持ち場へ向かうと、一人の女生徒が明るく出迎えてくれた。

「また一緒に演奏できるのほんとうれしいよ！　高校でも、共に青春の汗を流そうじゃないか！」

短めの髪に明るい表情。小柄な体に引き締まった手足。

春なのにちょっと日焼けしていて、吹奏楽部というよりは運動部っぽい雰囲気だ。

初っぱなからテンションの高い彼女に、僕は状況も忘れて噴き出してしまう。

「あはは、気が早いですよ莉乃ちゃん先輩。オーディションになるかもしれないし、まだやれるって決まったわけじゃないですから」

「まあそうなんだけどね！　でも今は再会を喜びあおうよー！」

この人、薬師《やくし》ヶ《が》丘《おか》莉乃さんは、いわゆる「同中」の先輩だ。

中学時代も同じ吹奏楽部、同じトランペットパートで一緒に演奏してきた。

年齢はひとつ上。僕にとっては楽器の師匠のような存在で、誰にも教えていない僕の「秘密」を知っている唯一の人でもある。

「そう言えば、伽耶ちゃんも伊佐美高校入ったんでしょ？　吹奏楽入ってくれそう？」

「ええ。ほらあそこ、あいつも高校でもクラやるって言ってましたよ」

「おおー頼もしいね！　クラは私らの学年がちょっと手薄だからさー。実力派のあの子が入ってくれるのはありがたい！」

現在、莉乃ちゃん先輩は伊佐美高校吹奏楽部の「二年生リーダー」として、そしてトランペットのパートリーダーとしてぐいぐい周囲を引っ張っているらしい。

各楽器のリーダーであるパートリーダーは、基本的に最上級生である三年生が担当することになっている。

けれどトランペットだけは、三年生が「渉外」「会計」などの重要な役割についていたこともあって、彼女が異例の抜擢《ばってき》をされたんだそうだ。

「……さて！　これで、候補者はそろったね！」

五人ほどの新入部員が集まったところで、満足げに莉乃ちゃん先輩は言った。

「今年も豊作でうれしい限りだよ！　でも、全体のバランスを考えると、今年ペットで獲《と》れるのは三人までなんだ。……ということで！」

莉乃ちゃん先輩は、手に持ったトランペットをこちらにグッと突き出して見せた。

「さっそく、オーディションをさせてもらいます！」

　短いアップの時間を挟んで、オーディションが始まった。

　自分の楽器を持っている人はマイ楽器で、持っていない人は備品のトランペットでB♭の音階を吹き、実力のほどを先輩たちに審査してもらう。

「相変わらず堅いなー！」

　僕の音階を聴き終えた莉乃ちゃん先輩は、そう言って噴き出した。

「中学のときのまんまだよね！　実力はあるくせに、変に型にはまっててさー！」

「え、そうですか？　そうならないように気を付けたんですけど……」

「んー、残念ながらガチガチだねー。まあ、よく言えば音色も良いし、音の変わり目もきれいだし、ピッチも安定してるってことなんだけどね！」

　演奏が四角四面だ、というのは初心者のときから言われてきたことだった。

「感情がこもってない」だとか「機械っぽい」だとか、挙げ句の果てに「人が吹いているとは思えない」とまで。

　トランペットは数ある金管楽器の中でも、もっとも高音に位置する楽器だ。

主旋律や派手なファンファーレを担当することも多いし、確かに表現力の豊かさは必須になる。

でも……どうしてもわからないのだ。その「表現」というやつが。

自分的には、ちゃんとやれてるつもりなんだけどな……。

「よし、次はこの曲吹いてみて！」

言われたとおり、渡された楽譜を吹いていった。

教則本の中に載っている、練習用の曲だ。

初見だったにもかかわらず問題なく吹くことができたし、一部の先輩からは「なかなかやるねー」なんて声ももらうことができた。まずはそのことにほっとする。

ただ、

「うーん、これまた堅い！」

莉乃ちゃん先輩は、やっぱりそこが気になるらしい。

「うまくないんなら別に気にならないんだけどさー、なまじうまい人がこういう演奏してると気になるんだよねー」

「そ、そうですか……」

……なんだか不安になってきたな。

一応「うまい」とは思ってもらえたみたいだけど、満場一致で「すごいなお前!」ってなったわけではない。

これでうっかりうまい経験者がたくさんいたら、オーディション落ちちゃうんじゃ……。

「……そう言えば康規、今もアレやってる?」

莉乃ちゃん先輩が、ふと思い出した様子でたずねる。

「え、アレって何ですか?」

「感情表現身につけたくて始めたって言ってたじゃない。ほら、パソコン使ったさっき——」

「——ス、ストップ!」

——慌てて彼女の言葉を止めた。

「そ、その話はやめにしましょう!」

突然の大声に、周りの生徒たちがビクリとする。

でもその話は……トップシークレットだ。

皆に知られるわけにはいかない!

「どうしたのよ、急に焦って」

「いや、だってそれは秘密だって言ったじゃないですか……！」

不思議そうな莉乃ちゃん先輩に、声をひそめて抗議する。

「まだオーディション中ですし続きやりましょうよ……！」

「えー、そうだったっけ？　でも別にいいじゃん、減るもんじゃなし……」

「誰にでも皆に秘密にしたいことの一つや二つあるんですよ……。入学直後の大事な時期なんですから、その辺は気を遣ってください……！」

「んー……」

唇をとがらせる莉乃ちゃん先輩。いまいち納得がいかないらしい。

けれど、彼女はしばらく不満げにぶつぶつ言ってから、

「……そうだ、良いこと思い付いた！」

ふいにポンと手をうった。

「あのさ康規、今夜何か予定あったりする？」

「……へ？　な、ないですけど」

「よし！　じゃあね、練習終わったあと、ちょっと『臨C』に来てくれない？」

「……どうしてですか？」

「大事な話があるの！　……あー、ほんとどうしようって思ってたけど、康規ならな

んとかできるかも。だからよろしくね！　絶対来てね！　約束だよ！」

ぽかんとする僕にたたみかけるように言うと、彼女はオーディションを待っていた別の新入生の方を向いた。

「ごめんごめん！　待たせちゃったね！　じゃあ、さっそくやっていこうか！」

その背中を眺めながら、思わずため息をついた。

この人、昔からこういうちょっと強引なところあるんだよなー。

話を聞かないというか、一人で突っ走るというか……。

まあ、もう付き合いも四年目だし、慣れっこではあるんだけど……。

……にしても、何なんだろう。

練習後に呼び出しだなんて。

『臨C』というのは、吹奏楽部が練習場所の一つとして押さえている教室『臨時教室C』のことだ。

も、もしかして、入部早々何か説教されるとかだろうか……。

♪


「……はぁ」

目の前に――「臨時教室C」の扉があった。

オーディションが終わり、軽く練習もすませ解散したあと。

不審がる伽耶に先に帰ってもらって、僕は一人ここに立っている。

……オーディションの結果は、合格だった。

合格者は経験者二人に、初心者一人。落ちてしまった二人も渋々ながら他のパートに移ってくれた。すまん、向こうでも頑張ってください……。

晴れてトランペットパートになることが決まったのは、素直にうれしい。

不安だった分、心底ほっとした。

けど……このあと自分、一体何をされるんだろう。

シメられるとか？　説教喰《く》らうとか……？

僕、なにかまずいことをやっただろうか……。

ドキドキしながらドアの取っ手に手をかける。

そして、一度深呼吸すると、恐る恐る横にスライドした。

「……失礼します」

「――やあ、待っていたよ」

室内から上がった声に、驚いた。

そこにいたのは、ミーティングで部の目標を説明してくれた男子生徒。

吹奏楽部部長である優男、金山大介《だいすけ》先輩だった。

それだけじゃない。

「遅いじゃん、康規！」

「お疲れ」

相変わらず元気な莉乃ちゃん先輩と、クールでさばさばした印象の三年生女子、副部長の香原《かはら》先輩までそこにいた。

「……『東邦《とうほう》の三賢者』……」

その光景に、僕は思わず伽耶に教わった呼び名を口走った。

市内最大の進学塾、「東邦予備校」出身。各学年トップクラスの成績を誇るこの三人組は、部内でそんな風に呼ばれているらしい（意外にも、莉乃ちゃん先輩も成績優秀なのだ）。

彼らは実質的に部の最高意志決定機関で、全国行きという目標にもこの三人の意向が大きく影響したとかしないとか……。

「あはは、その呼び名、もう一年にも知られてるんだね」

笑う金山先輩に、僕はおずおずとうなずいた。

「そう……ですね。割と有名です」

「呼ばれる身としては、大げさで恥ずかしいんだよね。たかが高校生なのに賢者とかさ、ハードル上げすぎでしょ！」

「……確かに、呼ばれる側としてはきついかもですね」

「でしょ？　三バカとか呼んでくれる方がよっぽど気楽だよ」

「いやいや、さすがに先輩方をそんな風には呼べないですって」

答えながら、ちょっと笑ってしまった。

金山先輩。思った以上にとっつきやすい人だな。

おかげで、肩の力が少し抜けた気がする。

「俺らとしては、それくらい気軽に接してほしいんだよなー。……と、ごめんね立たせたままで。よければそこにかけてよ」

「ああ、はい。ありがとうございます」

「でだ。今日はね、ちょっと梶浦くんにお願いしたいことがあってここに来てもらったんだ」

「……お願いしたいこと、ですか？」

椅子に腰掛けながら首をひねった。

なんだろう。

新入生の僕に、一体どんなお願いだ……？

「うーんと、どこから説明しようかな……。ああ、そうだ！　まずは、ペットパートに合格おめでとう。莉乃ちゃんから『実力のある子です』って聞いてるよ。しかも、安定感がすごいんだとか」

「ああ、そうなんですか。ありがとうございます」

「で、その安定感を見込んで、君にある女の子の指導をお願いしたいんだ」

「し、指導、ですか⁉」

「うん、二年生の子なんだけどね、いろいろ教えてあげてほしいなって」

予想外の言葉に、思わず言葉に詰まってしまった。

二年生の先輩に……僕が指導？

どういうことだ？　なんで新入生がそんなことを？

普通逆じゃないのか……？

「その子はちょっと特殊でね、かなり癖が強いんだ。ただ、それさえ直れば俺たちは全国大会にいけると踏んでいる。だから、その手伝いを梶浦くんにしてもらいたいんだよ」

「……はぁ」

ソフトな言い方をしてるけど、なんとなく実情がわかった気がした。

つまり、めちゃくちゃ足を引っ張ってる生徒がいるから、その人をなんとかしたいってことだろう。

先輩たちが直接教えるレベルでもないから、一年生である僕に指導を任せる、みたいな。

……いや、でもそれも変だな。

伊佐美高校の吹奏楽部員は、今の段階で六十人を越える。対して、コンクールの出場上限人数は、五十五人だ。

そんなに癖のある演奏をするなら、単に出場メンバーに入れなきゃいいんじゃないか？

「……ちなみに、その人は何パートなんですか？」

ふと思い付いて、たずねてみる。

「今日も音楽室にいたんですよね？　どのパートの人ですか？」

もしかしたら、人数が少ないパート担当なのかもしれない。

どうしてもその音は必要だけど、あまりに演奏が粗いからなんとかしたい、とか。

それなら、この話にも納得がいく。

けれど、

「ああ、それなんだけどね」

金山先輩は薄く笑うと——予想外の「パート」を口にした。

「——指揮と作曲だよ」

「……へ？」

「指揮と作曲だ。夏の大会は、彼女の指揮で、彼女の作った曲を演奏するんだ」

「…………ええええぇぇえええええええええぇぇええ!?」

思わず、大声を出してしまった。

指揮と……作曲!?

……え、生徒だよな？

今話してるの、講師とか教師の話じゃなくて、部員の女の子の話だよな……？

生徒が、指揮と作曲をやってる……？

……嘘《うそ》だろ？

いや、指揮の方はまだわかる。

顧問に恵まれなかった吹奏楽部は、生徒による指揮で演奏することもあるはず。

それでも、作曲まで手がけるっていうのは、さすがに信じられない。

吹奏楽曲の作曲は多くの知識や技術が必要になってくる。

音大で勉強していない一高校生がまともな曲を作れるとは思えないし、実際そういう例があったって話も聞いたことがない。

大体、コンクールで使える吹奏楽曲は、すでに世の中にたくさんあるんだ。

自由曲としてオリジナル曲を演奏することはできるだろうけど、わざわざ素人の作品を使う理由がわからない。

「金山くん、説明不足」

それまで黙っていた香原先輩が、ぶっきらぼうにそう言った。

「梶浦くん混乱してるよ。もっとちゃんと事情を話さないと」

ブレザーのポケットに手を突っ込み、目を眇めている香原先輩。

編み込まれた黒髪や、ちょっと崩した制服の着こなしにはこだわりが感じられて……なんとなく、ロックとか好きそうだな、なんて思う。

「ははは、そうだね。でも百聞は一見にしかずだから、いろいろ話すよりあの子が作った曲を聴いてもらった方がよくない？」

「それはそうですね！」

莉乃ちゃん先輩がうんうんうなずいた。

「言葉であれこれ言っても、よくわかんないですし！」

「わかった。……じゃ、梶浦くん。これ」

香原先輩はクールな表情でうなずくと、スマホを僕に差し出す。

受け取ってみると、画面には某有名動画サイトが表示されていた。

どうやら、その女生徒の曲がアップされているらしい。

開かれている動画のタイトルは「曲名未定」。

アップロードユーザー名は「ｎｉｒｅ」。

そして、その再生数は……、

「……二十一万再生……⁉」

思わず、目を疑った。

何度も確認するけれど……間違いない。

二千百でもなく二万千でもなく……二十一万。

「アップロードは一ヶ月前くらいかな。ちょっと日は経ったけど、再生数は今も順調に伸びてるよ」

腕を組みながら、香原先輩が言う。

「ここ数日は、一日平均三千再生くらい。多分、今月中に三十万再生行くと思う」

「……三十万……」

そんなの……新人メジャーバンドのＰＶなみの再生数だ。

無名の女子高生が作った曲が叩《たた》き出せる数字じゃない……。

鼓動がテンポを上げていく。緊張感で、指先が冷たくなる。

そして同時に――強い気持ちが芽生えた。

――どんな曲なんだろう。

自分とそう年の変わらない女の子が作った曲が、これだけ再生されている。

――聴きたい。

――どんな曲なのか聴きたい。

イヤフォンを耳につけると、震える指で動画プレイヤーの再生ボタンを押した。

――一瞬流れる、無音状態。

そして次の瞬間――ファンファーレと共に曲が始まった。

音色は……カラオケの伴奏っぽいＭＩＤＩ音色だ。

お世辞にもいい音とは言えなくて、むしろなんだか間抜けに聴こえて、ちょっと拍子抜けする。

けれど――すぐに気付いた。

華やかにリズムを刻む木管に、リレーみたいに旋律を引き継いでいく金管の高音。

低音楽器は雄大な長音でその足下を固め、パーカッションが軽快に楽曲を前に押し進めていく。

これは――「普通」じゃない。

音の組み合わせが、とんでもなく高度だ。

シンプルなフレーズが予想外の形で噛《か》み合い、重なった積み木のような絶妙なバランスの上に成立している。

予想を超えるクオリティに息をのんでいるうちに、曲のテンポが落ちた。

軽快だったパーカッションが鳴りをひそめ、音量がぐっと控えめになる。

どうやら、次の展開に移ったらしい。

雰囲気からすると、この曲の構成は王道のＡＢＡ構成だろう。

「アルヴァマー序曲」や「たなばた」と同じだ。

前半は勇敢な印象で曲が進み、中盤で一度テンポと音量を落としてきれいなメロディを聴かせる。終盤は前半と同じ速度に戻って、華やかな旋律と共に感動的に曲が締めくくられる。

予想どおり、イヤフォンからは甘やかな旋律が流れ出していた。

上下する音程はロマンチックで、懐かしいような、胸が締め付けられるような切なさをはらんでいる。

……こんなメロディも作れるのか。

前半の緻密な編曲の印象から、作曲者はあまり歌心がないタイプなんじゃないかと思っていた。

けれど……このメロディを作れるなら。

こんな「泣きの旋律」を生み出せるなら、むしろその本領はこっちにあるのかもしれない……。

そして、十分に旋律を耳に焼き付けた辺りで、徐々にテンポが加速しはじめる。

スネアとバスドラが曲を駆動し、金管の低音がそれを後押ししていく。
同時に、僕の鼓動が大きくクレッシェンドした。
さあ――ついに曲の終盤だ。
この曲がＡＢＡ展開であれば、もう一度Ｂパートのメロディが演奏されるはず。
もしもこの勇壮な伴奏に、あのメロディが乗ったら。
あの甘く切ない旋律と、高度なバッキングが合わさってしまったら。
きっとそれは――とんでもない効果を生み出してしまう。
イヤフォンのコードをぎゅっと握ると同時に――曲はクライマックスに突入した。
定石どおり、Ｂパートのメロディが伴奏の上に再現される。

――瞬間。

目の前に――「星空」が広がった。

無限に広がる伴奏の闇に輝く、数え切れないほどの旋律の星たち。
流れ、回り、瞬く光が――僕の心を激しく揺さぶっていく。

そして――はっきりと思った。

――僕は、この夜空を見たことがある。

――気のせいなんかじゃない、間違いなく僕は、この夜空をこの目で見たんだ。


イントロにも似たファンファーレが流れ、曲が終わる。

ＭＩＤＩ音源の余韻が完全に消え――目の前に「臨Ｃ」の景色が戻ってくる。

感情の渦にのまれ、声も出ないまま呆然《ぼうぜん》としていると、

「どうだった？」

優しげな声で、金山先輩がたずねた。

「……………すご……かったです……」

今の僕には、そう答えることしかできない。

「こんなこと、できる高校生が……この世にいるなんて……」

これまで、いろいろな吹奏楽部員を見てきた。

中学のときは地方大会に出場したし、目にしてきた各校の中には、信じられないほどうまいプレイヤーが何人もいた。実際彼らは、将来プロになったりするんだろう。

でも……今回は。

今回ばかりは、規模が違う。

これを作ったのは、明白に「僕ら」とは種類の違う人間だった。

──天才。

そんな陳腐な表現が頭に浮かんだ。

けれど、そうとしか表現できない。

この曲を作った人間は、間違いなく「天才」だ。

なるほど、だから先輩たちは、この曲でコンクールに出るつもりなんだ……。

「……どんな人なんですか？」

気付けば、僕はそうたずねていた。

「この曲を作った人は、どんな人なんですか……？」

「ああ、ちょうど今本人からメールあったけど」

スマホを見ながら、莉乃ちゃん先輩が声を上げた。

「いつものとこにいるらしいから、会いに行こうか！」

♪


「ここがあの子の、楡の居場所なんだー」

目的の場所に着くと、莉乃ちゃん先輩がそう教えてくれた。

「部活の時間中も、ずっとこの扉の向こうにいるんだよ！　曲作ったり、指揮の練習したりしてるみたい！」

「そう、ですか……」

なんとかそう返すと……僕は目の前の、アルミ製の扉をじっと見つめた。

僕らがいるのは——音楽室のすぐ隣。

四階廊下の端にある、外階段へと続く扉の前だ。

——頭の中で、「予感」が弾けまくる。

……ここは。

「この扉の先」は……。

もしかして、その女生徒って……。

「よーし、じゃあ行こう！」

莉乃ちゃん先輩が、扉を開けた。

春の風が、踊り場を抜けて校舎内に吹き込む。

そして――僕は、彼女と再会した。


――さらりとした黒髪のロングヘアー。

――細く長い手足。

――精緻に整った顔に何の表情も浮かべないまま、階段に腰掛けている少女。


「……踊り場姫」

思わず、伽耶に教わったその名前を口にした。

そこにいたのは――あの夜、踊り場で踊っていた女生徒。

伊佐美高校七不思議の一つに数えられる、踊り場姫だった。

「あ、康規もう知ってるんだ！」

こちらを振り返り、莉乃ちゃん先輩がうれしそうに言う。

「この子、好きな音楽聴いてると踊り出しちゃう癖があってねー。なんか噂《うわさ》になっちゃってるの！　ほら楡、自己紹介しなよ。今年ペットパートに入った梶浦康規だよ！

私たちと同じ、古人見中《こひとみ》の子！」

「……はじめ、まして」

彼女は立ち上がり、こちらを見ないままそう言った。

「藤野楡、です」

その不思議な雰囲気に、心臓が弾けそうに高鳴った。

初めて日の光の下で見る、踊り場姫。

相変わらず人形みたいに整ったその顔は、あの夜とは少し違う清廉なオーラをまとって見えた。

……この人が、あの曲を作ったのか。

常人では到底作れるはずのない、あのとんでもない曲を。

不思議な感覚に戸惑っていると、楡先輩がちらりとこちらを見る。

「……あ、昨日の」

「そ、そうですね。昨日の夜、この場所で……」

……覚えているんだ、あのときのこと。

やっぱりあれ、夢じゃなかったんだな……。

「へー！　もう顔見知りなんだ！　じゃあ話が早いね！　康規、この子にもうちょっと『安定』っていうものを教えてあげてほしいんだよ！」

そこでようやく、僕は思い出した。

そうだ……僕は。

この人に指導をしてほしいって頼まれて——、

「——いやいやいやいやいや！」

我に返って、全力で突っ込んだ。

「教えるって、あの曲作れる人に何を教えるっていうんですか！　天才ですよこの人!?　そんな余地ないですよ！」

むしろ、いらないアドバイスをしてしまいそうだ。

楡先輩の能力は、才能は、桁違いだ。

そこに僕みたいな凡人の指導が入れば、魅力が削れてしまう気がする。

「……それなんだけど」

言って、香原先輩が後ろから何かを差し出した。

「これ、見てみてくれる？」

受け取ってみると、手の平サイズのデジタルビデオカメラだった。

小さなモニターでは、ある動画が再生されている。

「……これは、合奏？」

「そう。先週、皆で大会曲をやったときの」

彼女の言うとおり――そこに映し出されているのは、「臨時教室A」で合奏隊形になっている先輩たちの姿だった。

どうやら、ここの吹奏楽部は音楽室よりも広い「臨時教室A」で合奏をするらしい。

前方に置かれた指揮台の上では、楡先輩が指揮棒を持ってたたずんでいる。

「この演奏を見れば、金山くんと薬師ヶ丘さんが困ってる理由がわかると思う」

音声のミュートを解除する香原先輩。

画面の中の楡先輩が指揮棒を振りかぶり――曲が始まった。

――正直なところ、一瞬期待したのだ。

「あの曲」を、生楽器の演奏で聴けることに。

さっきの音源で唯一不満があったのは「音がＭＩＤＩ音源」だったことだ。

カラオケの伴奏みたいなあの音じゃ、曲の魅力は十分に伝わらない。

でも、合奏でなら。

ちゃんと楽器を使って演奏すれば、あの曲は本当のポテンシャルを僕に見せてくれるかもしれない。

けれど——、

「——!?」

始まった演奏に、僕は愕然《がくぜん》とした。

「な、なんですかこれ……!」

めちゃくちゃだった。

テンポ。強弱。音色。

どれをとっても、めちゃくちゃだったのだ。

自由に加速、減速を繰り返し、突然弱音になったかと思いきやふいにアクセントをつけて音が立ち上がる。

かろうじて、さっき動画サイトで聴いた曲だとわかるけれど……これは酷《ひど》い。

安定した演奏が好みな僕にとっては、耐えがたいほどだ。

原因は、明らかだった。

「……楡先輩……」

指揮台で指揮を振る彼女だ。

安定しないのだ。

タクトの動きが、部員への強弱の指示がめちゃくちゃなのだ。

楽器メンバーの実力はかなりのものだと思う。

これだけ無茶な指示を出されているというのに、しかもそれはどうもアドリブっぽいのに、なんとか対応し曲の体裁を保っている。

けれど……楡先輩の指揮が。

それだけがあまりにも破天荒で、楽曲の成立を妨げていた。

周囲の一切を無視して一心不乱に指揮を振るその姿は——まるで、指揮台の上に荒れ狂う台風みたいだった。

「梶浦くんには、この演奏を安定して聴けるものにしてもらいたいんだ」

呆然としている僕に、金山先輩が軽い口調でそう言った。

「楡、音源ではあんな感じなのに、指揮を振るとこうやって暴走しちゃうんだよ。でも、その癖さえ直れば、間違いなく俺たちの演奏は全国を狙えるものになる。だから、協力してほしい」

「……無理ですって！」

僕は首をぶんぶん振ってみせる。

「な、なんでそれで僕にやらせるんですか！　もっと皆さんで練習したり、講師の方呼んだり、いろいろ方法はあるでしょう！」

「もちろん、その辺りはすべて試してみたよ。それでも、一向に演奏は変わらなかったんだ。それに、梶浦くんにお願いしたいと思っているのにもちゃんと理由がある」

「ど、どんな理由ですか！」

その問いに、金山先輩はすっと目を細めると、

「莉乃ちゃんの話によると、君の演奏はかなりの『安定志向』らしいね。それこそ……本来持っている演奏の力量を殺してしまうくらいに」

いきなり痛いところをつかれて、言葉に詰まった。

金山先輩、こういう厳しいこともはっきり言うのか……。

「つまりそれは、楡の逆なんじゃないかと思うんだ。作曲の才能があるのに、安定する志向がないからめちゃくちゃな指揮を振っている彼女と、演奏の実力があるのに安定志向で表現ができない君。方向性が逆なだけで、抱えているものは同じなんじゃないかってね」

……確かに、それはそうなのかもしれない。

僕と彼女は、全く別のように見えて、ちょうど鏡合わせのように似た問題を抱えているのかも……。

「梶浦くんにも『一緒に練習してる人の癖がうつる』って経験はあるでしょ？　楽器

って、そうなんだよね。人と一緒に演奏していると、お互いに影響を与え合うことになる。だから、楡の指揮を安定させるには——君みたいな人と一緒に練習してもらうのが一番なんじゃないかって思ったんだ。そしてその練習は、梶浦くんにとっても有益なんじゃないかって」

「……うーん。言ってることはわかりますけど……」

……でもちょっと、発想が雑すぎないか？

そんな適当なやりかたで、本当にうまくいくんだろうか？

「それにね」

言うと、金山先輩は優しい目で楡先輩を見た。

「梶浦くんは、人としても楡と合うと思うんだよ」

「……え、あ、合うですか？」

「そうだ。俺よりも薬師ヶ丘よりも、彼女と共感できる部分があるんじゃないかと思ってる」

……さすがにそれはない気がする。

正直、楡先輩の人となりは全くと言っていいほどわかっていない。

それでも、僕とこの天才が共感できるなんて、さすがにおこがましいというか……。

「……うーん、やっぱり納得いかないです。それに、言いづらいですけど……」

ちらりと楡先輩を見やる。

彼女は退屈そうに、スマホから伸びたイヤフォンコードをいじっていた。

「そんなに困ってるなら、その……指揮者を交代とか、そういう選択肢はないんですか？」

曲が魅力的なのはわかった。

けれど、何も楡先輩が指揮を振り続けなければいけない理由はないはずだ。

自分の作った曲を他の生徒が振るのは楡先輩的に納得いかないのかもしれないけど、全国を目指すつもりならそういうドライな選択肢があってもいい。

「それも考えたよ。でも、この学校には吹奏楽の顧問経験のある先生も、指揮の振れる先生もいないんだ。もちろん、もう少し安定したテンポで指揮できる生徒はいる。実際それでしばらく練習したこともあったよ」

「じゃあ、それでいいじゃないですか！　その人の指揮でやりましょうよ！」

「でもね……それじゃダメだったんだよ」

穏やかな笑みのままで、金山先輩は首を振る。

「ミーティングでも言ったけど、東海地方の吹奏楽のレベルは高い。全国大会に出場しようと思ったら、単に安定している、技術があるだけじゃなく、その先の何かを摑《つか》まなきゃいけないと思っている。他の生徒では、その領域に届かなかったんだよ。あくまでただの高校生だからね。他校の熟練の顧問にはどうしてもかなわなかった」

……中学の頃見た、全国大会の演奏を思い出す。

確かにそこには「うまい」以上の何かが、人の心を動かす何かがあったように思う。指揮の勉強をしたこともない生徒がそれを生み出すのは、至難の業なのかもしれない。

と、金山先輩はにやりと笑うと、

「まあ、そのとき指揮を振ったの、俺なんだけどね」

「……え！　そうだったんですか⁉」

「うん。結構安定してたと思うんだけどなー。でもやっぱり、全然ダメだった。素人じゃどうにもならないもんだね」

「なる、ほど……。なんか、すみません……」

「いやいや、いいんだよ。事実は事実だし。けどね」

そう言うと、金山先輩は初めて真剣な顔を僕に向けた。

「それでも楡の指揮には――可能性を感じるんだ」

――はっきりした声音に、僕は思わず押し黙る。

「率直に言って今の楡の指揮はめちゃくちゃだよ。多分、聴衆を意識できずに、ひたすら感情と感覚のままに指揮を振っているんだろうね。でもつまりそれって……『技術以上の何か』につながるものなんじゃないかと思うんだ。型にはまるだけじゃない。自分の内からこみ上げる音楽を、楡は形にしようとしている。だからそれが、聴衆の感覚と嚙み合えば……きっとすごい音楽になるんじゃないかと思うんだ」

「……そうです、か」

……そうですね、とは言えなかった。

金山先輩の言っていることは、かなり希望的観測が入っていると思う。

楡先輩の指揮が安定するとして、それが全国レベルに達する保証はどこにもない。

だから彼が言っているのは、あくまで「そうなってほしい」という願望だ。

それでも……否定し切れない部分があることも事実だった。

楡先輩の才能は、揺るぎのないものだ。

それに僕自身……さっきの合奏の映像に、心を動かされるものがあったのも確かだったのだ。

ただめちゃくちゃなだけではない。

その向こうに何かを秘めているような、かすかな感触。

「だから俺たちは、楡にこれからも指揮を振ってもらいたいと思っている。もちろん、部内には反対派もいるよ。でもまずはこの方向で挑戦してみたいんだ。そのために、彼女が安定するための手伝いを梶浦くんにしてもらいたい」

そこまで言うと――ようやく金山先輩は表情を緩めた。

「お願いできないかな？」


♪


「――ただいまー」

疲れでぼんやりしながら、自宅の扉を開ける。

ドアにつけられたベルが鳴り、壁中にかかっている時計たちがコチコチと僕を出迎えてくれた。

振り子時計、最新式のデジタル時計、大正時代のアンティーク。

節操がない品揃《ぞろ》えだけど、その文字盤は皆そろって午後八時近くを差していた。

「おお、お帰り」

少し遅れて、父さんが奥の作業台からこちらを見上げる。

「おそかったなー。母さん、夕飯できてるって」

「わかった、ありがと」

言いながら、店舗スペースを抜け自宅スペースに入り、靴を脱いで自室に向かう。

——僕の家は、祖父の代から続く時計屋だ。

アンティークの修理から最新ブランド時計の取り扱いまで、幅広く地域の皆様にご愛顧いただいている「梶浦時計店」。学校や施設からの大口購入もあって、この不況のご時世でも経営は結構安定しているのだそうだ。

僕のこの几帳面《きちょうめん》な性格は、こんな風に秒針の音に囲まれて育ったから身についたんじゃないかな、なんて思っている。BPM120のテンポが一番落ち着くのも、二拍でちょうど一秒になる速さだからだろう。

振り返り、父さんの背中を見やった。

側開機を手に、保持台に固定した時計をじっくり眺めている。

どうやら、機械式腕時計の修理を始めるところらしい。

裏蓋が開き機構があらわになったところを想像して、僕はちょっとだけワクワクしてしまう。ケースに所狭しと詰め込まれた、香箱、ヒゲゼンマイ、テンプに調速機に脱進機……。

　小さな頃から、時計の修理を見るのが好きった。

　欠けていた歯車が噛み合うだけで。小さなバネを取り替えるだけで。

　すべてが噛み合い、止まっていた針が正確に動き出す。

　それを見ているのが、たまらなく心地好《よ》いのだ。

　この快感は、ちょうど吹奏楽の気持ちよさにも似ている気がする。

　各メンバーが自分のパートを練習し、それが指揮者の指示で絡み合うことで、一つの音楽として聴衆の心に届く……。

　例えるなら、トランペットは一番目につきやすい秒針、指揮者は全体を駆動させるモーター、といったところだろう。

　どこか一つが欠けてしまえば、全体のバランスが崩れてしまうあたりもそっくりだ。

　そんなことを考えながら階段を上り自室に着くと、部屋着に着替え勉強用の椅子で一息ついた。

「……ふぅ……」

　……長い一日だったな。

　朝から伽耶の不機嫌に焦って、部活ではパート決めオーディションに緊張して、挙げ句踊り場姫との再開に混乱して……。
正直ちょっと、イベント過多だろう。
変に疲れてしまったし、お腹《なか》もうぺこぺこだ。早く夕食にありつきたい。
……でも、先に「あれ」だけ確認しておこうかな。
僕はパソコンを立ち上げると、緊張気味にブラウザを起動し動画サイトを開いた。
「……お、再生数伸びてるな。五百いったかー」
ある動画を見ながら、僕は小さく笑った。
「昨日四百七十くらいだったから……三十再生くらい伸びた感じかな」
表示されているのは——僕が作った曲の動画だった。
中学のときにコツコツ作りはじめた、短いインスト曲。
数ヶ月かけてようやく完成し、ネット上にアップしたのがつい数日前。
それ以来、一日に何度も再生数の変化をチェックしていた。
——これが、僕の秘密だった。
誰にも言わずに、こうしてこっそり曲を作っているのだ。
すでに、第二弾の曲も作りはじめているし、第三弾以降の構想も考えてある。
いつかは歌もののポップスやロックっぽい曲も作ってみたい、なんて野望もあった。

……もちろん、曲のレベルは楡先輩の作品に比ぶべくもない。

再生数が五百程度なのも、実際にこの曲がその程度のものだからだろう。

でも、僕はそれなりに満足していた。

例えば、伊佐美高校の一学年の人数は三百人ほど。

それを越える人数が僕の曲を聴いてくれたわけで、ただの高校生である自分にとっては十分な結果だと思う。

……正直に言えば、「いつか作曲家になれたらなー」なんて、思ったことがないわけでもなかった。

でも、それは例えば「どこかに百万円落ちていないかなー」みたいな願望でしかなくて、実際そのための努力や準備をしているわけでもなかった。

「にしても……二十万再生か……」

楡先輩の曲のことを思い出す。

再生数にして、四百倍。

クオリティに関して言えば――それ以上の開きがあるであろう、彼女の曲。

動画サイトの検索欄に文字を打ち込み、彼女の動画を呼び出した。

再生ボタンを押すと、ＭＩＤＩ音色の曲が流れ出す。

「……やっぱすげえな」
イントロの数秒を聴くだけではっきりわかる、極端なまでのレベルの高さ。
音がまとっているオーラ自体が、僕の作った曲とは大違いだ。
──結局、金山先輩の誘いを、僕は受けてしまった。
自分になにかできるとは思えない。
天才の力になれるとも思えない。
それでも……彼女のことを知りたくて。
あの曲を作れる人間がどんな人なのか気になって、指導役を引き受けてしまった。
「……本当にうまくいくのかなー……」
出会った夜のことを思い出す。
これから毎日のように、彼女と一緒に練習することになるわけで。
踊り場姫と、日常をともにするわけで……。
それを思うと、あの日の夢の続きに迷い込んでしまったような気分になった。

♪


次の日から、本格的に練習が始まった。

流れとしては、始めにミーティングをしてからパートごとに振り分けられた部屋に移動。基礎練とパート練を一通りこなして、最後に全体で合奏という感じらしい。

僕と楡先輩の特別練習は、パート練の時間を一部使ってやることになっている。


トランペットが割り当てられているのは、一年八組の教室だった。

三十人強が勉強する、ごく当たり前の教室。

パートメンバー九人が練習するには、十分な広さの部屋だ。

さっそくケースから楽器を取り出し、マウスピースを使って唇を柔らかくする。

続いて、ロングトーン、リップスラーなどをすませて個人練習は完了。

この辺りは、中学時代と変わらないメニューだから慣れたものだ。

次に、莉乃ちゃん先輩指導によるパート全体の基礎練習を経て、ついに曲練習が始まる。

初心者の一年生には個人練習をお願いして、僕たちは課題曲「花の序曲」と、楡先輩の自由曲を合わせていった。

「——おー、割といいねえ！」

一通り演奏し終わったところで、莉乃ちゃん先輩がメトロノームを止め顔をほころばせた。

「細かいところはいろいろあるけど、この時期にここまでやればほぼ問題なしだよ！　ただ、強いて言うなら……」

譜面をにらみ、彼女はちょっと思案顔になる。

「……沖野《おきの》先輩はちょっと音が雑っぽいかもです、もうちょい丁寧な感じでお願いします！　新山《にいやま》は音程があまーい！　私のピッチに合わせなさい！　高林《たかばやし》先輩はファンファーレの入りが遅れがちなんで、もっとこうがっつく感じでいってくれるとうれしいです！」

おお……的確な指摘だな。しかも、先輩相手にもズバズバ遠慮がない。

言われた側も納得なのか、

「相変わらずきびしーねー！」

「ちくしょう、遅れたのバレたか……」

と笑いながら譜面にメモを書き込んでいく。

おちゃらけているようにも見える彼女だけど、演奏の実力と耳の良さはエース級だ。中学のときから他校にも名を知られるレベルだったし、だからこそ二年生にしてパートリーダーを任されている部分もあるんだろう。

「……で、康規は強弱が微妙すぎる！」

満を持して、といった表情で彼女はびしっと僕を指差した。

「特に、スフォルツアンドピアノのところとか、フォルテッシシモのところとか、『ここで全力だー！』みたいなとこで遠慮しすぎだよ！」

「え、そ、そうですか……？」

そうならないように気を付けたんだけどな……。

「うん！　もっとこう、『ッぱーんッ!!』みたいにやるんだよ！『ッぱーんッ!!』って！」

「……『ぱーん』ですか」

大げさな身振り付きで、莉乃ちゃん先輩は強弱を表現した。

「ちがう！　もっと全力で！　『ッぱーんッ!!』　さあ！」

「……『ぱーんっ！』」

「ちがう！　『ッぱーんッ!!』」

身振り付きでうながす莉乃ちゃん先輩。

ダメだこれ……満足するまで何度もやらされるパターンだ……。

僕は覚悟を決めると、

「……『ッぱーんッ!!』」

身振り付きで莉乃ちゃん先輩のまねをした。

……うわ！　なんだこれ超恥ずかしい！

パートメンバーの生暖かい視線も辛《つら》い！

「そう！　それでよし！」

ご満悦の表情で、莉乃ちゃん先輩はコクコクうなずく。

「きれいな音で吹きたいのはわかるけど、そういうのは過剰にやるくらいでちょうどいいんだから！　もっとはっちゃけなさい！」

「——さて、そろそろかな」

ペットから口を離し、莉乃ちゃん先輩が時計を見上げた。

気付けばすでに、一時間以上パート練をしていたらしい。

「康規、楡のところに行ってきな！」

……ついに来たな、この時間が。

僕はペット片手に椅子を立つ。

「頑張ってきなよ！　楡のこと、頼んだね！」

「はい、やれるだけやってみます……」

……そう、問題はここからなんだ。


♪


彼女は――藤野楡先輩は。

いつもの踊り場で、階段に腰掛け譜面を読み込んでいた。

春の風に髪がなびいている。

譜面を押さえる指は細くて、音符を追う目は真剣で、一瞬話しかけるのが戸惑われた。

見ているのは……去年のコンクールの課題曲みたいだ。

きっと、曲構成や使われているテクニックを読み取っているんだろう。

あんなにめちゃくちゃな指揮を振っていた彼女だけど、きちんと勉強や研究はしているらしい。

……具体的には、どの辺を勉強しているんだろう。

頭の中にむくむくと興味がわき上がって、僕は後ろから先輩の手元をのぞき込んだ。

と――、

「……もう、時間？」

同時に、先輩が顔を上げた。

「あ！　そ、そうですね。ペットのパート練も終わったので……」

「そう」

彼女は譜面を脇にどけると、その場に立ち上がりスカートに付いた砂を払った。

「よろしく」

――そのたたずまいに、ドキリとしてしまう。

踊り場姫と、二人きり。

これから僕は……この人と二人三脚で練習をしていくことになるんだ。

「……こちらこそ、よろしくお願いします」

気を取り直して、あらためてそう挨拶した。

「コンクールのある夏まで、一緒に頑張っていきましょうね！」

不安や疑問や不満はいくらでもある。

それでも、これは全国に出場するためなんだ。

僕にできることがあるなら、可能な限り頑張ってみたい。

だから……まずは雑談でもして打ち解けるところから始めてみよう。

「あ、あの、良い天気でよかったですね！　雨降ったら、ここ使えなかったでしょうし！」

「……」

「……ここからだと、浜名湖見えて良いですね！　なんか、気持ちよく練習できるというか、なんというか……」

「……」

無視!?

せっかく話振ってるのに完全に無視!?

それはそれでいわゆる「天才」っぽいんだけど、頑張ってみたこっちとしてはちょっと凹《へこ》むよ……！

「……で、えーっと、いろいろ練習方法は考えてきたんですけど……」

雑談が無理なら本題に入るしかない。

ブレザーのポケットからスマホを取り出すと、昨晩考えてきた練習メニューを表示させた。

「まずは、一日二人だけで、曲を通せるだけ通してみたいです。ちょっと寂しいですけど、楡先輩の曲は結構ずっとペットパートの演奏があるので、わけがわからない感じにはならないかなと……。その感じを見て、そのあとの練習メニューは考えましょう」

――基本的に、吹奏楽において指揮者とプレイヤーは「指示する側」と「指示される側」という関係だ。

もちろん、指揮者が指示する側。プレイヤーが指示される側になる。

だから、プレイヤーとして指揮者に意見を言うなんて初めてのことだし、どうすれば指揮がうまくなるかなんて全くわからなかった。そもそもどういう指揮が「うまい指揮」なのかもいまいちはっきりしないし……。

ただ、まずは最低限のテンポキープと、譜面にあるとおりの指揮ができるようになることが目標だろう。

そのためにも、一度曲全体を通して先輩の指揮の傾向を摑んでおきたい。

「……一回、通すんだね」

「はい、お願いします」

楡先輩が、足下の指揮棒を拾いこちらを向いた。

僕も、トランペットを手に彼女に向き合う。

――さあ、楡先輩の指揮、初体験だ。

まずは、どんな感じかしっかり理解しよう。

楽器の練習だって同じなのだ。問題点を把握して、それを一つずつつぶしていく。

唇にマウスピースを添えると、楡先輩が指揮棒を掲げる。

心臓が、ドキリと一拍高鳴った。

そして、数秒の間を挟んで――彼女が右手を振りはじめた。

僕は息を吸い込むと、マウスピースに当てた唇を震わせ――、

「――いやいやいや!!」

――慌てて演奏を止めた。

「……なに？」

不思議そうに、楡先輩が首をかしげる。

「え！　いや、なに？　じゃなくて！　速すぎ！　テンポ速すぎですよ！」

「えっと、この曲、イントロはテンポ148でしょう⁉　今、170くらいありましたよ！　走ったってレベルじゃないですよ！」

「……？」

そう、速かったのだ。

彼女の指揮は、めちゃくちゃ速かったのだ。

確かに、指揮者だって人間だ。テンポが上下してしまうことはよくある。

特にコンクール本番は、熟練の顧問であっても普段とは違うテンポになってしまったりする。

けれど……今のはその許容量を超えている。

ちょっと速いロックバンドの曲が、超高速メタルバンドの曲になってしまった感じ。

いろいろと台無しだ。

「……そんなに速く振ってない」

ちょっとだけ、不満げな表情を見せる楡先輩。

どうやら、認めるつもりはないらしい。

「そんなことないですって！　メトロノーム持ってきたんで、試しにテンポ出してみますよ！　……ほら、これが148！　これくらいだと、メロディもきれいに聴こえて良い感じですよね！　でも……これが今くらい！　やっぱり170くらいですよ！　これだと、メロディもあんま伝わらないですし、皆ついていけないですって！」

「……でも、今はこっちの方がいいと思った」

「天才の感性わかんねえ！」

どう考えても、普通のテンポで演奏する方がいいとしか思えないよ！　あんなに速いと曲の良さがお客さんに伝わらないって！

……あー、でもどうなんだろう。

この人は、三十万再生もされる曲を作ったわけだ。

対して、僕の曲は千回も再生されていない。

もしかして、僕の判断が間違ってるのか……？

莉乃ちゃん先輩が言っていたみたいに、今も僕は型にとらわれすぎてるのか……？

楡先輩が天才なのは間違いないわけで、だったらその意見は聞いておいた方が……いいの……か……？

「……いややっぱダメだ！　この速さじゃ物理的に演奏できない！」

頭を振り、一瞬の迷いを断ち切った。

「先輩、楽器を人が演奏する以上、どうしてもできることとできないことがあるんですよ！　この速さだと、トロンボーンのスライドが絶対追いつきません！　先輩がそうしたいのはわかりましたけど、無理なものは無理なんですよ！」

……無言で視線を落とす先輩。

やっぱり納得はいかないらしい……。

でもしょうがない。無理矢理にでも、テンポを落としてやってみてもらうしかない。一度実際に試せば「やっぱりこれくらいがいいかも」ってなるかもしれないし。

「……というわけで、このテンポ。１４８で一度やってみてください。中間の、遅くなるところの前までていいですから……」

「……」

無表情なくせに「しぶしぶ」オーラを全身から滲ませながら、彼女はもう一度指揮棒を振りかぶった。

僕もトランペットを構え直し、曲を吹く態勢になる。

そして――再び演奏が始まった。

華やかなファンファーレから始まる、軽やかな導入部。

お、結構良い感じだぞ！

さっき出したとおりのテンポで指揮を振ってくれてる！

顔は不満げなままだけど、その手の動きの力強さが、ファンファーレの華やかさにシンクロしてとても吹きやすい！

なんだ、楡先輩、やればできるんじゃないか……！

ほっとしている間にも、曲は進行する。

イントロの華やかさが一段落し、穏やかな展開にさしかか――、

「――ストップストップー!!」

またもや僕は曲を止めた。

楡先輩が不満げに指揮棒を下ろす。

「……なんで？」

「いや、なんでもなにも！　ここ、楽譜にはピアノって書いてあったじゃないですか！　なのに今の振り方！　イントロのままで完全にフォルテッシモでしょ！　音大き過ぎますよ！」

「……テンポ遅くって言うから、代わりに音を大きくした」

「テンポと音量ってそういう関係じゃないですから！　どっちかを下げたらどっちかを上げるとかじゃないですから！　ここ、木管のフレーズがいいんですよ！　なのにフォルテッシモにしたら、それが埋もれちゃいます！」

「……梶浦、注文が多いね」

「先輩が譜面に書いたことでしょう！　ていうか、譜面ではちゃんとしてるんですから、まずはあれのとおりやりましょうよ！」

「そんなに譜面にとらわれることないよ。もっと自由にやった方がいいと思う」

「音楽ってものの前提覆しすぎですよ！　いやまあ自由にやるのはありですけど、そういうのは基礎ができてからですって！」

「……そんなに譜面どおりにやりたいの？」

「ええ！　ていうか、譜面ってそういうものなんですよ！　何十人の演奏をまとめるために、まずは忠実に守るべきもので……って、聞いてます？　……あれ、先輩？　スマホで何してるんですか？　ん？　それは譜面作成ソフト……？　……ちょ、何してるんですか！　譜面ごとフォルテにしないでください！　ピアノのままでいいんですって！」

♪

――その後も、練習は散々だった。

どれだけお願いしても、彼女の指揮は安定せず。

「成果を見せてもらおうか」という金山先輩のセリフで始まった全体合奏でも――彼女の自由さは遺憾なく発揮されてしまった。

ぶれまくるテンポ。

乱高下する強弱。

一貫しない曲想。

そして――それに振り回されまくる部員たち。

演奏はいつまでたってもまとまらず、いたずらに時間と体力を消費してしまった。

「……あのですね……自由に指揮を振りたい気持ちはわかります」

――終わりのミーティングのあと。

僕は合奏のショックが癒えないまま踊り場へ行き、先輩と話をしていくことにした。

このまま今日を終わりにするのは、さすがに消化不良だ。

「……でも、もうちょっといろいろなところに目を向けてほしいんです。部員の演奏状況とか、客観的に曲がどう聴こえるかとか……」

……相変わらず、無表情のままの先輩。言葉が届いている気が、全くしない。

一瞬、意味があるのかこれ……と思うけれど、やっぱり気付いたところは伝えなきや。

ここで諦めたら、どうにもならない……。

「例えば……三十二小節目から始まるフルートの旋律あるでしょう？　あれって、繊細でかわいいフレーズなんで、元のテンポと強さが一番映えるんですよ……。だから、あんまり走ってほしくないというか……」

「……三十二小節目？」

「え、ええ……あの、タッタラター、タララッタラ、ってとこです。あとわかりやすいのは、真ん中のソロ。あそこって、泣ける旋律だからじっくり聴かせたいんですよ。特に、八十四小節目くらいから……。だから、できるだけテンポたっぷりとってほしくて」

「……考えておく」

「……はい」

……ダメみたいだ。相変わらず、意見が通った気が全くしない。

「――康規、帰るわよ」

背後の扉が開き、伽耶がやってくる。

高校に入ってからも、僕は彼女と一緒の下校を続けていた。

ずっと続いていた習慣を変える必要も感じなかったし、彼女の両親が「帰りが遅いとちょっと心配になる」と言っていたこともあって。

楡先輩が伏せていた目を上げ、伽耶をちらりと見た。

そして、不思議そうに首をかしげ、

「……梶浦の彼女？」

「違いますっ！」

伽耶が勢いよく否定した。

「こいつとは、ただのありふれた幼なじみです！　ほら康規、行こう！」

「う、うん……じゃあ、楡先輩、また明日……」

「うん」

踊り場をあとにし、階段を昇降口に向かって歩いていく。

なにやら不機嫌らしい、伽耶の足取りは酷く乱暴だ。

「……なんか、仲良くなれそうね、踊り場姫と」

「……へ？」

その言葉に思わず、素っ頓狂な声を出してしまった。

「どこをどう見ればそんな風に思うのさ……」

「わかるのよ、わたしには」

変にはっきりと、そう言い切る伽耶。

でも、僕は全くそんな風に思えなくて、

「……絶対それ、勘違いだよ……」

痛む頭を押さえながら、ため息をついた。

The revolving star & A watch maker ♪ | The second movement | 第二楽章

プライマル

「――路上ライブみたいなものだから、まあ気楽に考えてよ」

音楽室壇上で、金山先輩はそう言った。

「プロムナードコンサートっていうんだけど、浜松駅前で何曲か演奏するんだ。コンクールまでにできるだけ場数をこなしておきたいから、伊佐美高校吹奏楽部もあれに出演することにしました」

吹奏楽部入部から、一ヶ月。

ゴールデンウィークを来週に控えた、練習終わりのミーティング。

今日も今日とて檜先輩に振り回された僕らは、へとへとに疲れ果てて今後のスケジュールの説明を聞いていた。

窓の外はすでに真っ暗で、浜名湖の上に月が煌々《こうこう》と輝いている。

このところずいぶん日が長くなったけれど、練習が終わるのは決まって日没後だ。

こんなに遅くまで活動しているのは、この学校では吹奏楽部だけらしい。

「ちなみに、日程は再来週です。コンクール曲じゃなくて簡単なポップス曲を二曲用意したから、明日からそっちの練習に切り替えよう。さっきも言ったように、あくまで気楽に、楽しむつもりでいいからね。この間他校のを見に行ったんだけど、かなりのんびりした雰囲気だったからさ」

なるほど。場数をこなすっていうのは、確かに良いアイデアだ。

「本番」と「練習」は、想像以上に別物だったりする。

コンクールでいい演奏をしようと思えば、「本番経験」を積んでおくことも重要になってくる。

現在のメンバーではまだ一度もステージに立ったことがないし、ここらで人前で演奏しておこうというのには個人的にも大賛成だ。

それに、

「懐かしいわね、プロコン」

隣の伽耶が、思い出すような表情で言う。

「前に出たのは中一のときだっけ。あの頃は、全然まだ演奏もできなかったわよね」

「だねー……」

僕と伽耶は、中学の頃に一度プロムナードコンサートに出場したことがあった。

確か、浜松市が主催した初回開催のときだったと思う。

あの日は客席にいる人もまばらで、駅前の雰囲気ものどかで、僕の中で結構いい思い出なのだ。

楡先輩と舞台に上がるなら、ああいう緩い感じが一番良いような気がする。

なんせ――彼女の指揮は、一ヶ月間みっちり練習しても全く変わらなかったのだ。テンポはむちゃくちゃ、強弱ははちゃめちゃ、挙げ句の果てに途中で飽きて演奏を中断してしまうこともある有様。

この状況で、たくさんの観客の前で演奏しようとはちょっと思えない。

「皆、プリントわたった？　大丈夫？」

前からA４の紙を配っていた金山先輩が、音楽室全体を見渡す。

「大丈夫そうかな。そこに詳細が書かれてるから、一応頭に入れておいてね。結構すぐ本番来るから」

言うと、彼は満足げにほほえんで――改めてこう締めくくった。

「というわけで、まああんまり気負わずに、楽しんでいきましょう」

♪

そして、二週間後。

週末の浜松駅前。

仮設ステージから見下ろした光景に――僕は愕然としていた。

「……話が違うんだけど」

――中学生。

――親子連れ。

――おじいちゃんおばあちゃんにサラリーマンに大学生。

数百人規模の人々がひしめき合い、ステージ上に期待の視線を寄せていた。

「な、なんでこんなに人いるの……？」

……路上ライブ感覚で、という話だったはずだ。

気楽に場数をこなして、経験値を稼ごう……と。

なのに――現実の駅前広場は、浜松まつりなみの混雑具合だ。

どうしてこんなことになってるんだ……？

額の汗を拭きつつ見渡すと、同じく呆然と客席を見下ろしている一年生たちが目に入る。そりゃそうだ。初ステージがこれじゃ荷が重すぎる……。

ただ、二年生と三年生は、どういうわけだか諦めたような表情で粛々と準備を進めていた。なんだろう、なんだか「やられた……」みたいな雰囲気……。

そして――「楽しんでいこう」と言っていた張本人。

金山先輩は……いつもの穏やかな表情で、何食わぬ顔で楽器の調整をしていた。

僕の視線に気付いたらしい。彼はちらりとこちらを見る。

そして、意味ありげににやりとほほえむと――、

「……へ……？」

――ぱちりとウインクして見せた。

……もしかして。

もしかしてあの人……こうなるのわかってたんじゃないのか⁉

そう言えば金山先輩、ミーティングで「この間他校の演奏を見に行った」って言ってた気がする……。無名校である僕らの演奏にこれだけ人が集まるのだから、そのときも最低、これくらいのお客さんはいたはずで……。そのうえで、金山先輩は「路上ライブ感覚でやろう」なんて言ってたわけで……。

「……はめられた！」

最近ようやくわかってきたけれど、あの人はなかなかの策士だ。

さわやかな笑顔の裏で無数に策を張り巡らせ、部や部員たちをうまく誘導しているところを何度か見てきた。

だから今回も……部員一同、彼の口車に乗せられたってことなんだろう。

「……まあ、いつものことだよ」

隣の莉乃ちゃん先輩が、苦笑いでそうこぼした。

「金山先輩、結構こういう罠《わな》仕掛けてくるんだよねー……」

「やっぱり……。なんか意図があるんですかね……？」

「多分ねー。私たちには教えてくれないけど……」

今回意図があるとしたら、いきなり大人数の前に立たせることで楡先輩にショック療法を試みる、とかだろうか。だとしても、騙《だま》される身としては気が気じゃないし、冷や汗が止まらないいんだけど……。

「……しかし、なんでこんなに混んでるんですかね……。前はもっと空《す》いてたのに」

「そう言えば私、ちょっと前に『プロムナードコンサートが大人気！』みたいなニュース見た気がする。最近はプロも出演するんだって……。だからじゃないかな……」

「あー、そうなんですね……」

つまり……ここに集まってる人たちは、それなりに高いレベルの演奏を期待してるってことか。

状況としては、最悪じゃないか……。

準備が終わり、楡先輩が指揮台に上る。

先日説明があったとおり、今日演奏するのは大会曲じゃなくポップス曲だ。

スティーヴィー・ワンダーの「愛するデューク」の吹奏楽アレンジバージョン。

軽快なリズムと陽気なメロディラインが魅力的な名曲だ。

他にも数曲、流行曲のアレンジ版をやる予定で、持ち時間は全体で三十分といったところ。


さて……どうなることやら。

祈るような気持ちでいると、楡先輩が指揮棒を振りかぶった。

え、ちょ、まだ客席に礼してないんですけど……。

吹奏楽部の演奏前には、指揮者が観客の皆さんに一礼するのが通例になっている。

なのに楡先輩、その流れを完全に端折《はしよ》ったぞ……！

予想外の展開に、部員がばたばたと楽器を構える。

直後、楡先輩は深く息を吸い込み――。


――大ぶりな動きで、指揮棒をブウン！　と振り下ろした！


鳴り響く、地鳴りみたいな重厚なサウンド。

ゆっくり動きはじめる、ゾウの足取りみたいなテンポ。

重い……！

アレンジもテンポも壮絶に重い……！

明るくてご機嫌なポップソングが……風神雷神図みたいなポーズの楡先輩によって、重厚で壮大な大曲に作り替えられている！

これまでの練習期間中、彼女はこの曲に「超高速」「爆音」「超小音」などのアレンジを試してきた。

どれも曲に全然合っていなくて本当に酷いものだったけど……この「重厚アレンジ」は一段と酷い！

もちろん、僕らも黙って彼女に従うだけじゃない。

ドラムを担当している先輩が、慌てて速度を上げようと試みる。

そして、それに追随する打楽器隊。

おかげで、一瞬だけテンポがぐいっと持ち上がった！

ナイスです！　パーカスの皆さん！　そのまま軽快にいっちゃいましょう！

しかし——、

「……!?」

——楡先輩は、手の動きでパーカスたちを完全に封殺。

むしろ一層テンポを落とすように指示し、音色にドスをきかせはじめた。

……な、なんてことだ。

皆の希望をあっさり片手で掻《か》き消すとか……。

魔王かよ、あの人……！

違和感に気付きはじめたらしい、お客さんたちの表情が曇りはじめた。

ひそひそ話をはじめる人、眉間にしわを寄せる人、何度も首をかしげている人……。

そして、曲も中盤に差し掛かる頃には……何人かの人が、諦めたような表情でステージ前を離れていった。

……ああっ、ち、ちがうんです！

思わず、心の中で叫んだ。

本当は、僕らはもっとうまく演奏できるんです！

でも今日は、ちょっといろいろありまして……実力発揮できてなくて……。

とは言え、もちろんそんな気持ち聴衆には伝わらない。

ステージ前を去るお客さんは、一人また一人と増えていく……。

そして——数十分後。

すべての曲を吹き終わった頃には……、

「……マ、マジか……」

その場にいるお客さんは、最初の半分ほどの人数になっていた。


「……う、ううう……」

楽器片手にステージを下りながら、僕は現実に打ちのめされていた。

本番でこんな酷い演奏をしちゃうのは……初めてのことだ。

あんなにお客さんが減るなんて。中学のときだって、こんなことはなかったよ……。

周りの部員たちからも、消え入りそうな嘆きの声が漏れ聞こえてくる。

「いやー……凹むなー……」

「姫様、まさか本番でもやらかすとはなー……」

僕も同感です……。

ちらりと、楡先輩の方に目をやる。

すべてやりきったみたいに、さっぱりした顔で撤収を進める彼女。

指揮台を下りる颯爽《さっそう》とした足取りが小憎らしい……。

……とは言え、これではっきりした気がする。

これまでのやり方じゃ、地道に練習するだけじゃダメなんだ。

いつまでたっても、楡先輩は変わってくれないんだ……。

だったら——別の方法を考えないといけない。

これまでとは全く別の、画期的なやり方を……。


機材運搬トラックの方に向かいつつ、僕は背筋を伸ばし気合いを入れ直した。

全国目指してるんだから、辛いことがあるのは承知の上だ！

これくらいじゃへこたれないぞ……！


♪


週明け。

登校直後、ホームルーム前の短い時間。

たくさんの生徒が行き交う二階の廊下で、僕は「とある教室」の扉にぴたりと張り付き中の様子をうかがっていた。

八割方の生徒が登校を終えた、朝の教室。

見知らぬ先輩たちが、雑談したり授業の準備をしたり居眠りしたりと、各々の時間を過ごしている。

そして、その教室の隅。

窓際後ろ側の席に――僕は彼女の姿を見つけた。

「いた……！」

鞄《かばん》を机に置き、ゆるりと椅子に腰掛ける女生徒。

ストレートの黒髪に、儚げな横顔。

――楡先輩だ。

教室に着いたばかりらしい。彼女は鞄の中から筆記用具を取り出し、机の中にしまっているところだった。

気付かれないよう息をひそめながら、僕はじっとその様子を観察しはじめる――。

――プロムナードコンサートのあと。

金山先輩の指示で片付けする部員たちを見ていて、気付いたのだ。

彼はなかなかの策士だし、部員を罠にはめることもある。

それでも、こういう場面では皆きちんとその指示に従うし反抗することもない。

それはつまるところ――彼が彼なりに信頼されているからだ。

その人となりを知っているから。自分たちを騙すだけでなく、部長として部を引っ張っていけると知っているから、話を聞く気にもなるし指示に従う気にもなる。

じゃあ、僕と楡先輩はどうか。

信頼関係なんて全くないし、そもそもお互いのことをよく知らないというのが正直なところだ。僕が彼女について知っているのは「美人」「変人」「天才」という表面的なことばかり。

だったらまずは、彼女のことをもっと知るべきじゃないか。

知って、信頼関係を築いて、それから一緒に練習すべきじゃないのか。

というわけで。まずは普段の彼女の様子を知るべく、僕は朝から二年四組の教室にやってきたのだった。

「……え、なにあの一年生……」

「わかんない。なんかちょっと怖いんですけど……」

何人かの二年生が、不審そうにこちらに目をやり廊下を通り過ぎていく。

……ストーカーっぽいのは自覚があった。

好意的に見ても、憧れの先輩を盗み見している一年生といったところだろう。

でも……これは不可抗力だ。

教室に入るわけにもいかないし、直接話しかけてもろくな会話にはならない。

本当に、こうするしかないんですよ……。

そうこうしているうちに、楡先輩の席に莉乃ちゃん先輩がやってくる。

いつものように、ハイテンションに話を始める莉乃ちゃん先輩。

楡先輩は無表情のままそれにうなずき返事をしていた。

部活中、二人はよく一緒にいるけれどそれはクラスでも同じらしい。

彼女たちは小さい頃からの知り合いで、お互いの家も近くにあるんだそうだ。

僕と伽耶みたいな幼なじみなんだろう。

そのせいか、楡先輩のリアクションが僕と話すときよりも柔らかい気がする。

……と、もう一度教室中に視線を這《は》わせていて、気が付いた。

教室の片隅。数人の男子が、遠巻きに彼女たちの方を見ていることに。

彼らはうなずき合うとおずおずと楡先輩たちに近づき……ためらいがちに二人に話しかける。

その顔には、隠し切れない緊張と興奮がわずかにのぞいていた。

「……おおおお」

思わず、変な声を漏らしてしまった。

あれは明らかに「気になる女子」と話している男子の表情だ。

あの二人……男子からアプローチされてる！

確かに、楡先輩は美人だ。

莉乃ちゃん先輩も、まあ客観的に見てかわいらしい人だと思う。

それでも、部活の先輩が男子に言い寄られる姿を見るのは、なんだかそわそわ落ち着かない……。

男子の話に明るく答える莉乃ちゃん先輩と、ぼーっとなりゆきを見ている楡先輩。

……と、楡先輩はおもむろに鞄に手を入れると、何かを引っ張り出した。

音楽プレイヤーだ。

彼女はそのままイヤフォンを耳にはめると……何食わぬ顔で音楽を聴きはじめた。

「……ちょ！」

何してんだあの人！

この状況で音楽聴くとか！

案の定ぽかんとしている男子と、楡先輩の行動に爆笑している莉乃ちゃん先輩。

楡先輩は、そんな周囲を完全に無視して無表情でイヤフォンに集中している。

……あの人、普段からあんな感じなのかよ！

そうかもとは思っていたけど、本当に誰彼かまわずああいう態度を取るのか！

……なんだか、見てるこっちが不安になってしまった。

大丈夫なんだろうか、あの人。

あの調子じゃ、莉乃ちゃん先輩以外とはまともにコミュニケーションをとることもできていないだろう。

授業中に当てられて、まともに回答できるんだろうか……？

飲食店とかでちゃんと店員に注文できるんだろうか……？

おしゃべりになれとまでは言わないけれど、せめてもうちょっと周りに合わせる努力くらいはした方がいいんじゃ……。

あまりの心許《こころもと》なさに、扉の陰から少しだけ身を乗り出した――そのときだった。

廊下に据え付けられたスピーカーから、チャイムの音が流れ出した。

「……へっ⁉」

顔を上げ時計を見ると、時刻は八時二十分。

ホームルームの開始の時間だった。

「……しまった！」

観察に集中しすぎた！

弾かれたように立ち上がると、僕はチャイムの余韻が響く廊下を駆け出した。

生まれてこの方登校時間に遅れたことはないんだ！

こんな理由で人生初遅刻したくない——！

——その後も、楡先輩の行動は変わらなかった。

三時間目。

校庭での体育の授業では、短距離走の自分の番をうまくスルーすることに成功していた。教室の窓からそれを見ていた僕は、そのあまりの自然な逃げ具合に驚きすら覚えてしまった。

昼休み。

教室で莉乃ちゃん先輩とお弁当を食べていた彼女は、ふいに机にノートを広げ、何かをがりがりと書きはじめた。

ちらりと見えたノートの表紙からして、多分あれは五線譜ノートだ。

曲のアイデアでも慌てて書き留めたのかもしれない。

莉乃ちゃん先輩は、唐揚げを食べながらその様子をほほえましげに眺めていた。


そして――授業終了後。

観察の締めくくりに、掃除をしている楡先輩を見に行こうと教室を出ると、

「――ねえ康規」

後ろから、グッと腕を掴まれた。

振り返ると、怪訝《けげん》そうに目を細めた伽耶がいる。

「お、おう、どうしたの？」

「なんか、今日おかしくない？　ふらふら出歩いたりぼーっと外見たり。康規らしくないんだけど」

「……え、そうかな？　まあ、なんかそういう気分なんだよね」

適当にお茶を濁そうとするけれど、伽耶は鋭い視線で僕の目を見ると、

「……何か隠してるでしょ？」

「いや、そんなことは……」

「あのね、バレバレなの。下手なのよね、嘘つくのが。長い付き合いなんだから、隠せるわけないじゃない」

「……」

「……で、何してるの？　どうせ部活がらみでしょ？　私が力になれることだったら、協力するわよ」

……真顔でそう言われて、心がちょっと揺らいだ。

なんとなく、面倒なことになりそうだったから黙っていたけど……伽耶ならわかってくれるかもしれない。

そもそも、僕が楡先輩の様子を観察しているのは部活全体のためなんだ。

味方は多いに越したことはない。

「……実はさ」

ちょっと考えてから、僕は伽耶に一通り事情を話した。

楡先輩への指導に行き詰まっていること。

その打開策として、朝から楡先輩の様子を観察していること。

「──え、何それストーカー……？」

説明を終えると、伽耶は引き気味にそう言う。

「こっそり様子をうかがうとか、ちょっと怖いんですけど……」

「違うって！　あくまで部活のためだよ！　だって、よく考えたら僕あの人のこと全然知らないし……もうちょっと、人となりを知ればどうにかする方法が見つかるんじゃないかって……」

「ふーん」

　相変わらず、伽耶は疑わしげな目で僕を見ている。

「……で、百歩譲って主張を信じるとして、どうなのよ？　何かヒントは見つかった？」

「……それが、全然なんだよね」

　わかったのは、彼女が教室でも部活のときと同じような過ごし方をしている、ということだけだった。

　何か好きなものや嫌いなものでも垣間見《かいまみ》えれば、指導のヒントになったかもしれないけれど……そういう物もなし。

　雑談のネタになりそうな出来事もなかった。

「……まあ、康規だったらそうなるわよね」

　伽耶は腕を組み、ため息をつく。

「……どういうこと？」

「相変わらずぬるすぎるってことよ！　相手のこと知りたいんだったら、遠くから眺めてもしょうがないでしょ。恋する乙女じゃないんだから」

「……まあ、それは確かに。でも、じゃあどうすればいいのさ？」

「まずは普通に雑談でもすればいいじゃない」

「それはずっとチャレンジしてるよ！　でも、全然会話弾まないから、ちょっと距離あけたままで相手のこと知ろうかなって……」

「だったら周りから攻めなさいよ。莉乃ちゃん先輩とかに相談すればいろいろ教えてもらえるでしょ」

「あー、なるほどね……」

確かに、あの人に頼るのは良いアイデアな気がする。

きっと、親身になって協力してくれるだろうし。

「それに、あの人だったら楡先輩の『もっと深いところ』も知ってそうじゃない？　小さい頃どんな人だったとか、小学校とか中学校のときどうだったとか。そういう情報も、打ち解けるためのヒントになるかも。あと、うまくすれば楡先輩がああなった『原因』もわかるかもしれないわね」

「……え、原因？　原因がわかると、何か役に立つの？」

「ああ、んーと……小説とか映画で見るじゃない。天才肌の変人が、抱えていた家庭の問題やトラウマを解決することで、自分を解放してもっと自由になれるー、みたいな展開。楡先輩の性格にも何か理由があるんだとしたら、それを解決すればもうちょっと普通になってくれるかもしれなくない？」

「ああ、なるほどね……！」

確かに伽耶の言うとおりだ。

先輩があそこまで偏ったのには何か原因があるのかもしれないし、だとすればそれさえ取り除けば問題は解決するかもしれない。

……いや、もちろん簡単な話ではないと思う。

彼女のプライベートに首を突っ込むわけで、いい加減なことはできない。

それでも、これまでみたいな不毛な練習を繰り返すよりはよっぽどマシだし、場合によっては楡先輩自身のためになるかもしれない……。

「ありがとうマジで、すごく助かるよ！　まさかこんな、いろいろアドバイスもらえるなんて……」

「……まあ、女子の中で生きるには、技術が必要なのよ」

言って、伽耶はため息をついた。

「人間関係円滑に進めようと思ったら、いろいろ大変だからね……」

「……なるほどね」

確かに、伽耶は昔からもめ事に巻き込まれがちだった。

本人の気が強いのもそうだし、友達に頼られることもよくあるみたいで。

その結果、自然とこういう技術が身についたんだな……。

「とにかく、せっかく力を貸したんだから、うまくやりなさいよ。本当はあんまり協力なんてしたくなかったんだから」

「え、なんで協力したくないのさ……」

「そこは突っ込まなくていいの」

「……なんか気になるんだけど」

「……突っ込むなって言ってるでしょ」

ギロリとこちらをにらむ伽耶……。

しまった……こういうときの伽耶は、本当にこれ以上突っ込まない方がいい。

気になるけれど、ここは一旦スルーしておこう……。

「と、とりあえず、アドバイスありがとう！　さっそく今日、いろいろ話してみる……！」

それだけ言って、僕はそそくさと伽耶の前を逃げ出した。

♪


「……もしかして、楡のこと好きになっちゃった⁉」

楽器の片付けが終わり、部員のいなくなった音楽準備室で。

楡先輩の生い立ちについてたずねると、莉乃ちゃん先輩は満面の笑みで僕の顔をのぞき込んだ。

「へっ⁉　ち、違いますよ！」

面食らった僕は、慌てて首をぶんぶん振る。

「何言ってるんですか！　これまでのどこに好きになるきっかけがあったって言うんですか！」

「恋にきっかけなんて必要ないでしょー」

「そうかもしれないですけど、あの人好きになったら僕胃に穴が空きますよ！」

「じゃあなんで生い立ちなんて知りたがるのさー」

「打ち解けるヒントがないかなって思ったんですよ！　自分と共通の話題見つけたりとか！　それにもしかしたら、あの人が変な感じになった原因を見つけることもできるかもしれないですし！」

「あーなるほど！　そういうことか！」

ペットケースを戸棚にしまい、莉乃ちゃん先輩は納得の表情になる。

「ちょっとこれまでとは作戦変更ってことね。確かに私は、昔のあの子のことはよく知ってるよ！　なんせ幼稚園からの仲だから！　でも、うーん……共通の話題とかは厳しいかもなあ……。あの子が音楽以外の何かに興味を示すとこ見たことないから」

言いながら、莉乃ちゃんは手近な椅子に腰掛けた。

「音楽を始める前はただのおとなしい女の子だったし、印象に残る出来事もなかったしなー。で、その当の音楽もあんな感じじゃない？　話題にして盛り上がれる感じではないよね」

「ですね……。むしろ、一番共感できないところというか……。というか、前はただのおとなしい女の子だったって、最初から今の感じだったわけでもないんですね」

「うん、出会った頃は、物静かで控えめで、かわいい子だったよ。音楽始めた頃から、数年かけてああなっていった感じ。中学入るちょっと前だったかなー。で、さすがに私も心配になってさ。だから、高校入るタイミングで吹奏楽に誘ったんだよね。皆と演奏してるうちに、協調性とか身につけてくれるかなーって」

「まあ、結果むしろどんどん変になってったんだけどね。だから逆に、ああいう風になったのには解決できるような『原因』もないと思う。康規がイメージしてるのって、例えば家族仲が悪い、とかのベタなやつでしょ？　その寂しさから、音楽の世界に逃げ込んで……みたいな」

「ですね、そういう感じのやつです」

「まず、楡の家族皆いい人なんだよね。電力会社に勤めてるダンディなお父さんと、最近薬局でパートはじめた優しいお母さんと、シャイな中学生の弟の四人暮らしで。すごく仲も良いんだよ」

「じゃあ、何かトラウマがあるとか……」

「それもあんまりぴんとこないね。酷いいじめにあったりしてたわけでもないし、すごい辛い経験したとかも聞いたことないし……。まあ、美人だからやっかみはうけてたけど。でも、普通に生きてれば味わう程度の辛さだったと思う」

「なるほどね……」

……確かに、思いの外特筆すべきことがないな。

もちろん、莉乃ちゃん先輩が知らないところで何かあった可能性もあるだろうけど、この人が知らない以上僕がそれを突き止める方法はない。

わかったのは、おとなしい女の子が、音楽に夢中になり才能を開花させ、同時に変人になっていったというそれだけ……。

「……ごめんよー力になれなくて」

僕の表情に気付いたのか、莉乃ちゃん先輩がすまなそうに笑った。

「でも、うん。康規が困ってるのはわかった！　ちょっと明日、パートリーダー会議でいろいろ話してみるよ。もうちょっと、なんとかする方法がないか！」

「ああ、お願いできると助かります。正直そろそろ完全に手詰まりですし、やっぱり一新入生にできることは限られてますし……」

……というか、僕がお世話係を丸投げされた理由もいまだわからないしな。

いつの間にか当たり前のことになりつつあるけどさ……。

「任せてよ！　きっと金山先輩辺りが、良い案を出してくれると思う！」

「……それはそれで、なんか不安ですけどね」

「大丈夫だよ！　私も彼も、楡をなんとかしたいって気持ちは同じだから！　悪いようにはしないって！」

莉乃ちゃん先輩は椅子を立つと、誇らしげに胸を張って見せた。

「大船に乗ったつもりで、どーんと構えてなさい！」

♪

翌日。

「──次は『かじ町』、『かじ町』」


バスの窓から見る浜松中心街は、行き交う車であふれていた。

道路に浮かぶ赤いテールライトたち。

歩道には、帰宅途中らしい高校生や中学生の姿がちらほら見える。

バス内に流れるアナウンスを聞きながら、隣の席の楡先輩を盗み見た。

狭いシートに行儀良く収まり、窓の向こうをぼんやり見ている彼女。

表情は物憂げで、何かに思いを馳《は》せているように見えて……何だか話しかけづらい。

肩が触れ合う距離感にドキドキしつつ、僕は手の平の中、渡されたメモ帳に視線を落とした。

買ってきてほしいものリスト
・マレット
・ドラムペダル用のスプリング
・折りたたみ式の譜面台2つ
・フルートのソフトケース

僕らが向かっているのは、浜松市街地の中心にある楽器屋だ。

いつものように練習している最中、パートリーダー会議を終えた香原先輩に買い出しを頼まれたのだ。

なるほど、つまりこれが先輩たちによる「作戦」なんだろう。

学校外で二人で行動させて、仲を深める、みたいな。

……結局こういう力技になるんだな。

確かに、いつまでも情報を集めて外堀を埋めていても仕方ないんだけどさ……。

かくして僕と檜先輩は、二人で伊佐美高校からバスに乗り、浜松市の中心街へ繰り出しているのだった。

「……」

「……」

しかし……気まずい。

ものすごく気まずい。

学校を出てから会話という会話をしていないし、目すら合わせていない。

考えてみれば、彼女とは練習以外の話は一切してこなかったからな……。

いきなり二人きりにされたって、どうしようもない……。

それに、もう一つ気になっていることがある。

香原先輩に、このメモを渡されたときのことだ。

「——なるほど、二人で買い出しですか……」

「そう、ちょうど備品もなくなってたから、良い機会かなって」

腕を組み、そう言う香原先輩。

相変わらずこの人は、さっぱりはっきりした感じだな……。

「了解です。ちょっと緊張しますけど、早めになんとかしないといけませんもんね」

こうしている間も、大会の日は刻一刻と近づいているんだ。

贅沢《ぜいたく》は言っていられない。

「……『なんとかしないと』か」

ふいに、香原先輩が僕の言葉を繰り返した。

そして、彼女は表情も変えないまま、

「――本当に、なんとかすべきだと思う？」

「……へ？」

「私は、楡が変わる必要なんてないと思うんだよね」

予想外のセリフに、思わず声が出なくなる。

楡先輩が、変わらなくていい……？

「ど、どうしてですか……？」

「確かに、今のあの子の指揮は多くの人に理解されるようなものじゃないよ」

まず、香原先輩ははっきりとそう言い切った。

「客を感動させるものでも、コンクールで評価されるようなものでもない。ただ、彼女の才能は本物でしょ。あんな曲を作れるんだから、それは間違いない」

「……ですね」

「だったら」

言って、香原先輩は目を細めると、

「――私たちが理解できないだけで、本当はあの指揮にもすごい価値があるかもしれないじゃない」

心臓が、ぎくりと鳴った。

「なのに、それを凡人である私たちが『全国に行くため』に変えてしまっていいの？　もしかしたらそれは、結果としてあの子の才能を枯らすことにもつながるんじゃない？」

……返す言葉が見つからなかった。

――才能を枯らすことにつながるんじゃないか。

そんなこと、一度も考えたことがなかった。

でも、香原先輩の言うとおりだ。

コンクールで評価されるために彼女のやりかたを変えるのは、僕らの身勝手でしかない。それが彼女にとっていいことかどうかは、正直なところわからない……。

と、香原先輩はきまじめな表情をふっと緩ませ。

「……って、まあこれはあくまで私の考えなんだけどね」

場をとりなすように、そう言った。

「本当にあの指揮に価値があるのかはわからない。どんな専門家が見ても無意味なものなのかもしれない。金山くんも莉乃ちゃんも、私とは違う考えだよ。ただ、君は今

後、楡さんに影響を与える立場になるかもしれない。だから、そんな考えがあること
も、念のため知っておいて」
――最後に主張をやわらげてくれたけれど、香原先輩の話は正論だと思った。
もちろん、楡先輩に変わってほしい、と願うのも間違いだとは思わない。
莉乃ちゃん先輩は友人として楡先輩のことを思って。
金山先輩は部長として部活のことを思って、楡先輩を変えようとしているんだろう。
それは、決して否定されるようなものじゃないと思う。
ただ、それはあくまで、僕らの「勝手」でしかないんだ。
じゃあ……どうすればいいんだ？
あの指揮のままでいくべきなのか？
全国行きの目標を諦めてでも？
……さすがにそこまでは割り切れなくて。
自分の中で考えはまとまらなくて。
あれから僕は、ずっともやもやした気持ちを抱え続けていた。
「……あ、着きましたね」
バスが目的のバス停に着いた。

「行きましょう」

座席から立ち上がり、バスの出口に向かう。

まあ、考え込んでいても仕方がない。

大会まで時間はそんなにないんだ。動かなければどうにもならなくなる。

ひとまず考え事は保留にして、自分にできることを一つずつやっていこう。

例えば——、

「——ちょ、楡先輩！ そっち入り口！」

ふらふらとバス中程の扉から出ようとする楡先輩の腕を、慌てて引っ掴むとか……。

「ダメです！ 無賃乗車になっちゃいますから！ さすがに警察沙汰ですから！」


♪


楡先輩と、二人で商店街を歩いていく。

通り沿いにある、喫茶店やブランドものの服屋や、かわいらしい雑貨屋。

時間帯のせいか、辺りにいるのは学生ばかりだ。

そんな中、楡先輩と歩いていると……ちょっとだけデートみたいな気分になるな。

楡先輩、見てくれは純粋な美人だ。

絵面だけで考えれば、なかなか悪くない状況のような気もする……。

ただし、

「歩くの、超速い……」

……移動速度が、競歩レベルなことに目をつぶればだけど。

「あ、あの、もうちょっとゆっくり歩いたらどうですかね」

楡先輩に必死に追いすがり、そう提案した。

「せっかく街まで出てきたんですし、もう戻っても練習には参加できないですし……」

歩道は行き交う人でそこそこ混んでいる。

このままじゃ、いつか誰かに正面衝突してしまいそうだ……。

しかし、楡先輩はこちらを振り返ることもなく、

「……見たいものがある」

「見たいもの？」

「……」

「楽器屋で、ですか……？」

「……」

教えてくれないのかよ！

ついて行けばわかるんだろうけど、それくらい説明があってもいいんじゃないですかね！

競歩の勢いのままで、楡先輩は目的の楽器店に入店した。

店内に展示された無数の楽器と、明るいＢＧＭが僕らを迎えてくれる。

この店は市内最大サイズの総合楽器店だ。

管楽器から弦楽器、電子楽器やその他アクセサリーまでなんでも取りそろえている。

在庫が豊富なのはありがたいけれど、広い分欲しいものはばらけてしまっているから効率よく回らないとな……。

さっそく僕は、頭の中で店内移動ルートをイメージしはじめた。

買い物リストと建物構造を考えると……上の階から順に見ていくといいだろう。だとしたら、まずはそこにあるエレベーターに乗って――、

「――あ、ちょ、ちょっと！」

僕の計画など関係なしに、楡先輩が先に進んでいく。

「ま、待ってくださいよ！　どこいくんですか！」

脇目も振らず、店の奥に向かう彼女。

足取りからして、この店にはそこそこ来慣れているっぽい。

彼女は入り口から一番遠いコーナーまで歩いてくると……ようやく足を止めた。

彼女を追っていた僕も、隣で立ち止まり辺りを見渡す。

「……ああ、ここは」

——無数のつまみのついた箱に、機械的な見た目のキーボード。

——譜面のようなものが表示されたディスプレイに、ずらっと並んだスピーカー。

DTMコーナーだった。

DeskTop Music。

いわゆる打ち込み音楽の機材を扱うコーナーだ。

DAWとよばれる音楽制作ソフトやUSB対応のキーボード、各種音素材やコントローラーが取り扱われている。

楡先輩はその一角、MIDIキーボードコーナーへ直行すると——「新発売！」と書かれたキーボードを一心不乱にいじくり回しはじめた。

「……なるほどね」

そうか……新しく出た機材を試したかった、ってことか。

テクノやハウスなんかが有名なDTMだけど、他ジャンルの作曲作業でもDAWは頻繁に利用されている。

僕も曲作りは「Ｌｏｇｉｃ（ロジック）」というＤＡＷアプリでやっているし、楡先輩もなにかしらのソフトを使っているだろう。

指先のタッチやつまみやボタンを試しまくっている先輩。

手つきはなめらかで、表情にはこころなしか笑みが浮かんでいるようにも見えた。

「……んー」

手の中の買い物リストをちらりと見る。

この店は、割と早い時間に閉店してしまう。買うものは早めに確保しておきたいんだけど……楡先輩、しばらくあそこを離れそうにはないな。

「……一人で見てくるかー」

幸い、この店は普段からよく使うから何がどこにあるかはわかっている。

あんなに楽しそうなんだし、水をさすのはさすがにかわいそうだ。

「先輩」

言って、視線を彼女に戻した。

「あの、僕ちょっといろいろ見てきますんで、ここにいてください。しばらくしたら戻ってきます」

ディスプレイとキーボードを交互に見ながら、一心不乱に手を動かしている先輩。

返事もしてくれないけれど……まあ大丈夫だろう。

先日、ラインの連絡先は交換しておいたし、何かあったらトークを送ればいい。

……と、そこでふと気付いて、僕はたずねてみる。

「楡先輩……『ロジック』を使ってるんですか？」

楡先輩が、勢いよくこちらを向いた。

なんだかちょっと驚いた表情だ。

「……どうしてわかったの？」

「いや、だって、そこに映ってるじゃないですか。そのディスプレイに」

「……そうじゃない」

納得いかない様子で、楡先輩は首を振る。

「どうして梶浦……画面を見て、ロジックだってわかったの？」

「……だから、そこにアップルループス表示されてるし、ユーザーインターフェイスも完全にロジックだし、そこのｉＰａｄ、ロジックリモート表示されてるし……」

「……なんで、そんなに詳しいの？」

「……あああああっ！」

——し、しまった！

完全に、使ったことのある人のスタンスで話してしまった！

自分が作曲をしてることは秘密なのに！

DAWの見た目は、知らない人からすればどれも同じに見えるだろう。

こまかい機能に至っては、判別のしようもないはず。

なのに、ついうっかり「アップルループス」だの「ユーザーインターフェイス」だの「ロジックリモート」だの……！

「……そ、そそそ、その、知り合いがロジック使ってるの見たことがありまして！」

慌てて言い訳をひねり出す。

「だからなんか、わかっちゃったっていうか……！」

「見たことあるだけじゃ、ロジックリモートなんてわからない」

「……いやー、そう、ですかね……」

「……梶浦も、使ったことあるの？」

「……」

「ロジック、使ったことあるの？」

……な、なんだよこの人！

これまで僕に全然興味なさそうだったのに、なんで今に限ってこんなにしつこく聞いてくるんだ！

「……ねえ？」

ついに、うつむく僕の顔をのぞき込みはじめた先輩。

必死で追加の言い訳を考えるけれど、何も思い付かない。

……もうダメだ。

これ以上は、隠し通せない……。

一瞬、無視して逃げ切ることも考えるけれど……それもダメだ。

ここでちゃんと答えなかったら、先輩は一生僕の話を聞いてくれない気がする……。

「……ご指摘のとおりです」

肩を落とし、僕は素直に白状した。

「結構自分も……ロジックいじることがあるんです」

「何に、使うの？」

「……曲作りを少々」

「本当に？」

「……ええ……」

目を見開き、まっすぐ僕を見る楡先輩。

この人に、こんな風に見られるのは初めてだ。

何か、さっきから様子がおかしいぞ……。

「……あ、ああ！　で、でもそんな大したもんじゃないですから！」

慌ててそう主張した。

「そ、その、楡先輩が作る曲とはほんとレベルも何も違いますし！　ほんと、ただのお遊び程度というかなんというか……」

「……聴きたい」

「……えっ？」

「梶浦の曲、聴きたい」

……信じられない言葉に、思わず呆然とした。

この人が――。

何事にも興味のなさそうだった藤野楡が――僕の曲を聴きたいっていうのか？

「……いやでも本当にしょぼい曲で！　そ、そんな、楡先輩に聴かせるレベルじゃないんですよ！　再生数だって全然で――」

「――でも聴きたいの」

言って――楡先輩が僕の手を取った。
「お願い。梶浦の曲を、聴かせて」

♪


「――おお、康規。おかえ……」

作業台から顔を上げ、僕の姿を見るなり――父さんはぴしりと硬直した。

そして、何度か瞬《まばた》きを繰り返すと、

「か、母さーん!!」

血相を変え叫んだ。

「こ、康規が……康規がかわいい女の子連れて帰ってきた!」

「ちょ、と、父さんやめてよ!」

慌てて作業台に駆け寄った。

「こ、この人部活の先輩だから! ちょっと用事があって寄っただけだから!」

――あれから。

結局僕は、楡先輩の頼みを断り切れなくて……こうして自宅まで、彼女を連れて帰ってきてしまった。

……ああもう、なんでこんなことになったんだ！

絶対に、曲を作ってることは内緒にしたかったのに……！

よりにもよって、楡先輩にそれがバレて、しかも実際に曲を聴かせることになるなんて……！

「まー！　康規が伽耶ちゃん以外の子を連れてくるなんて！」

上の階から下りてきた母さんが、楡先輩を前にしてうれしそうな声を上げる。

「ようこそ！　散らかってる家だけど、ゆっくりしていってね！」

「はじめ、まして……」

いつものぎこちない態度で、楡先輩が小さくお辞儀をした。

「藤野、楡といいます……」

「楡ちゃん！　まーかわいい！　これからも康規をよろしくお願いしますね……」

「ちょ、もういいから！　先輩、自分の部屋上の階なんで、行きましょう！」

「あら、もう部屋に行くのかい？　お茶持って行こうか？　それとも、お邪魔しない方がいい？」

「何もしなくていい！　頼むから放っておいてよ！」

♪


「──はぁ……」

ようやく自分の部屋に着いた。

ため息をつき、緊張気味にパソコンの電源を入れる。

ファンが回り、うなるような音が響く。

しばらくするとOSの立ち上げ音が鳴り、画面に灯りがともった。

「……ああ、適当にその辺にあるもの、見ていいですよ……」

興味深そうに辺りを見回していた楡先輩に、投げやりにそう言った。

ロジックの解説書に吹奏楽曲のスコア。彼女が気になるものはたくさんあるだろう。

見られたらまずいものはちゃんとしまってあるし、どこをいじられても平気なはず。

「うん」

うなずくと、先輩はさっそく本棚のスコアに手を伸ばしはじめた。

──築四十年強。畳敷きの四畳半。

この部屋に女の子が来るのは、考えてみれば本当に伽耶以来だな……。

古びた内装がちょっと恥ずかしいけど、まあ先輩はそういうのを気にするタイプでもないだろう。ちらかってるのも、もうこの際不問とする。さすがにそこまでのおもてなしはできない。

……しかし、まさかこの人が。

踊り場姫が、自分の部屋に来ることになるなんてな……。

あらためて、自分の置かれている状況に不思議な気分になった。

最初に出会った頃には、こんなことになるなんて思いもしなかったよ……。

あの日夜の踊り場で踊っていた少女が、自分の音楽を聴くことになるなんて……。

どぎまぎしてる間に、パソコンの起動が完了した。

ロジックを立ち上げ、曲のデータを読み込む。

自分の曲を、こうやって人に聴かせるのは初めてだ。

ネットには公開していたけど、知り合いに目の前で聴いてもらうのは完全に初体験。

心臓が、すごい勢いでバクバク言いはじめる。

手の平に、汗がじわりと滲み出す。

ちょっとこれは……ネットに上げるのとは段違いの緊張感だ。

一体どうなるだろう。どんな反応をされるだろう……。

微妙なリアクションされたら凹むだろうな。

コメントで批判をされるのよりも、目の前で態度でしめされる方がよっぽどキツそうな気がする……。

しかも、相手は普通の友達とかじゃなくて、あの曲を作った楡先輩なのだし……。

「……あの、楡先輩」

データを読み込み終わったところで、僕は最後に確認する。

「やっぱりやめません？　その、全然大したものじゃないですし、楡先輩が聴いても、なんの参考にもならないと思いますし……」

「それでもいい」

スコアを見ていた先輩が、顔を上げる。

「どんな曲でもいいから、早く聴きたい」

「……わかりました」

これはもう、抵抗の余地はなさそうだ。

観念しよう……。

深くため息をつくと——僕はマウスに手を伸ばし、ロジックのボタンをクリック。

オリジナル曲を再生した。

——流れ出す、ＭＩＤＩ音色。

自分の作り出した楽曲が、静かな部屋中に広がる。

……うおお、なんだこれ……！

すごく恥ずかしい！

人前で自分の曲聴くの、めちゃくちゃ恥ずかしいぞ！

初めて作ったときは「なんて名曲だ……！」と思ったけれど、こうして聴くとアレンジもメロディも拙すぎる……！

しかもそれを楡先輩に聴かれるなんて。

もうこんなの、完全に罰ゲームだ。

恐る恐る振り返ると——楡先輩は、真剣な表情で音源に耳をすましている。

その本気っぽい顔色が……ちょっと怖い。

ど、どうだろう……。

この人、この曲のことどう思ってるだろう……。

がっかりしただろうか、それとも「意外と良い」くらいには思っているだろうか……。

針のむしろに座っている気分のまま、ようやく一曲聴き終わった。

素早くロジックの再生を止め——、

「——いやー！　自分で言うのもあれですけど、本当にまだまだですね！」

堰《せき》を切ったように、楡先輩に話しかける。

「その、メロディもありきたりだしアレンジも甘いし……すみませんこんなの聴かせて！　でも、正直これが僕の限界なんで、やっぱ楡先輩が気に入るようなところは全然——」

「——よかった」

「…………へ？」

「梶浦の曲、すごくよかった」

——耳を疑った。

よかった……？

あの、拙い僕の曲が……？

「……いや、その……お世辞とかは、無理に言わなくていいですけど……」

「お世辞じゃない」

はっきりと、楡先輩が言い切る。

「うまくはない。新しくもない。でも、本当に、好きな曲だった」

そう言う楡先輩の顔は、至って真面目で。
考えてみれば、この人がお世辞を言えるタイプじゃないこともあきらかで……、
「そ、そう、ですか……」
うれしさと、それ以上に戸惑いがこみ上げた。
え、ほんとに？　本当にこれが好きなの？
もしかして、僕は自分が思ってる以上に良い曲を作れてるのか？
自分に課してるハードルが高すぎて、必要以上に自分の曲を卑下しちゃってるとか
……。実は自分には楡先輩級の才能があって、自分がそれに気付けていないだけとか
……！
……いや、それはない。
だとしたらもっとネットに上げた音源が再生されるはず。
残念だけど、この曲はそこまでのレベルに達していないと思う。
実際楡先輩も、上手《うま》くない、新しくもないと言ってるし……。
「他の曲はないの？」
楡先輩が、身を乗り出しパソコンの画面をのぞき込む。
「もっと聴きたい」

「ちょ、ちょっと待ってください！」

マウスに手を伸ばす彼女を、慌てて遮った。

「他にも曲ありますけど、完成してるのはこれだけで……他のはミックスがまだだったり、途中までしか作ってなかったりで……！」

「それでもいい、聴かせて」

「ちょ、ダメですって！」

「いいから」

楡先輩が、マウスを奪おうと詰め寄ってくる。

勢い余って――体がグッと密着した。

「……!!」

――ほのかに薫る、シャンプーの匂い。

――手の平から感じる、楡先輩の体温。

これまで「才能」という壁に隠れていた――どうしようもなく、「女の子」な一面。

不意打ちの感覚にうろたえている隙に、楡先輩がマウス奪取に成功した。

彼女は慣れた手つきでメニューを操作し、別の楽曲データを読み出そうとする。

「あ、ちょっと――！」

慌てて彼女の背後に回り、覆い被《かぶ》さるようにしてマウスに手を伸ばした。

「返して！　返してください！　……ああ、その曲は！　ダメです！　それほんとにまずいやつで――」

――そのときだった。

「おーい康規ー。今日あのあと、部活でプリントが配られ――」

聞き慣れた声と共に、部屋の扉が開く音がした。

「…………」

見れば、そこには――プリント片手に愕然とした顔で立ち尽くす伽耶がいた。

「……はっ！」

改めて、自分の状況を顧みる。

狭い部屋。

楡先輩と二人きりで密着して……。

「……おじゃましました」

能面のような表情になると、ぴしゃりとふすまを閉める伽耶。

足音が、とととと、と階下へ撤退していく。

「ちょ、ちが……！　そうじゃないんだって！」

慌てて楡先輩から離れ、僕は彼女のあとを追った。

「勘違いだって！　伽耶！　ねえちょっと待ってよ！」

♪

「──なるほどね……」

数分後の自室。

事情の説明を終えると、伽耶はちゃぶ台に頬杖を突き、深くため息をついた。

「買い出しに行ったきり戻ってこないから、どうなってるんだろうと思ってたけど……」

「うん、ごめん心配かけて……」

楡先輩は、僕たちの話を興味なさそうに聞いている。

時々パソコンに目をやる辺り、まだ他の曲に未練があるようだけど……さすがにこの状況でそれを言い出すことはできないらしい。

「……まあ、直帰したのはいいんだけどさ。ていうか、別にどこで何しようと康規の勝手だけどさ……」

言って、伽耶はうっすらと笑った。

「まさか、康規まで曲を作ってたとはなー」

「……莉乃ちゃん先輩くらいにしか話してなかったからね。なんか、恥ずかしくて……」

「びっくりだよ。なんで教えてくれないのよ」

「いやだって、ほんとに遊び程度でやってたんだよ！　別に楡先輩みたいに本気なわけではないし、そんないいものでもないし……」

「――良い曲だった」

それまで黙っていた楡先輩が、ふいに声を上げた。

「すごく、良い曲だった」

伽耶が、驚いたように目を見開く。

楡先輩が何かを主張するところを見るのは、初めてなのかもしれない。

そして彼女は、

「……私も聴いてみたいんだけど」

なぜか不機嫌そうに、そんなことを言い出す。

「聴かせてよ、楡先輩に聴かせたんだったら、もう私に聴かせても同じでしょ……」

「え！　そ、それは……」

「……へー。いやがるんだ」

言って、伽耶はこちらにグッと身を乗り出した。

「それは残念だわ……残念すぎて、うっかり康規が曲作ってること皆に漏らしちゃいそう……」

「……!?　……あーもう！　わかったよ！　聴かせるよ！　聴かせればいいんでしょ！」

もうこうなったらヤケクソだ。

一人に聴かれたら二人も百人も変わらない！

座布団から立ち上がると、マウスをいじってさっきの曲をもう一度再生する。

流れ出す、ＭＩＤＩ音色の僕の曲。

伽耶と楡先輩が、真剣な表情でそれを聴く。

「……やっぱりいい」

一曲終わると、楡先輩はその顔にわずかに高揚をのぞかせてそう言った。

「すごくいい。私、好き」

そして、それとは対照的に、

「え、そ、そうですか……？」

伽耶は困惑気味の表情だ。

「まあ、た、確かに頑張ってるとは思いますけど……。うん……」

……ああ、あんまり好きじゃなかったんだろうな。

わかりやすいリアクションだ。

けなすほどでもないけど言うほど良くもない、という感じだろう。

その感想は、すごくまっとうだと思う。

僕自身、この曲を知人に聴かされたらきっとそういう反応になる。

「……とりあえず、経緯はわかったからもういいや」

言って、伽耶はその場に立ち上がった。

「今日のところは帰ります……。でも、あの……！」

と、彼女はきっと楡先輩の方を見ると、

「……あんまり勘違いされそうなこと、しない方がいいと思いますよ」

それだけ言い残して、さっさと部屋を出て行った。

意味がわからなかったらしい。

楡先輩は、不思議そうな顔でその後ろ姿を見送っていた。

「……ふう」

緊張の糸が途切れて、深く息を吐き出した。

どうなることかと思ったけど、なんとか乗り切れた……。

曲作りのことを一気に二人に知られるなんて想定外だったけど、人にばらしたりはやし立てたりする感じではないのが不幸中の幸いだ。なんだかんだ言って、二人とも悪い人ではないんだよな……。

「……梶浦、私も行く」

しばらくぼーっとしたところで、楡先輩が立ち上がった。

見れば、時刻はもう八時近い。ちょっと遅くなってしまったな……。

「あ……はい、送ります」

「今日はありがとう」

言って、楡先輩は頭を下げた。

そして、じっと僕の目を見ると——わずかにほほえみ、短くこう付け足した。

「また遊びに来るね」

……その言葉が、なぜだかちょっとうれしくて。

散々な一日だったけれど、少しだけ彼女と打ち解けられたような感覚を覚えて。

「……ええ、いつでも来てください」

気付けば僕は、ほほえみ返しながらそう返事していた。

「でも、何回来ても他の曲は聴かせませんからねー」

「……けち」


♪


――その日以来。

楡先輩に変化が見られるようになった。


♪


翌日の昼休み。

いつものようにクラスの友人と昼ご飯を食べていると、

「――梶浦」

廊下の方からふいに名前を呼ばれた。

誰だろうと視線をやると――、

「……練習しよう」

――さらりとした髪に、華奢な体。

――整った顔に、儚げなたたずまい。

楡先輩が、ドアから顔を出し、こちらをじっと見ていた。

「……⁉」

思わず、噴き出しそうになった。

「え、ちょ……え⁉」

……ど、どうしたんだ⁉

楡先輩が、昼休みにわざわざ会いに来るなんて……。

しかも……、

「れ、練習……⁉」

あんなにいやがってたのに、自分からそんなことを言い出すなんて……。

僕の困惑をよそに、教室は騒然とする。

美人の先輩の登場にうろたえる男子たちと、さっそく噂話を始める女子たち。

伽耶は突然の事態に口をぱくぱくし、菅原はニヤニヤしながらそれを見ていた。

「ねえ、梶浦。早く行こう」

「……あ、は、はい！」

ひとまず、食べかけの弁当を抱えて立ち上がる。

原因は不明だけど……やる気になったのは間違いないっぽい。

だったら、このチャンスを逃すわけにはいかない！

一緒に食べていた友人たちに「すまん……！」とわびると「行ってこい！」「一発決めてこい！」「この裏切り者……」なんて言葉が返ってくる。

そして、

「ちょ、わ、私も行く……！」

そう言って立ち上がる伽耶と一緒に、僕は教室を出たのだった。


――その日から。

僕は楡先輩、伽耶の三人で昼休みを一緒に過ごすようになった。

あれこれ話しながらご飯を食べ、残り時間で練習をする、という毎日。

どういうわけだか、楡先輩は以前に比べて僕と会話をしてくれるようになった。

少なからず、彼女の中で変化が起きているらしい。

その一方で、

「――いやー、相変わらずだねえ」

ある日の練習後、金山先輩がさほど困った様子もなくそう声をかけてきた。

「最近楡、なんか変わったなと思ってたんだけど……指揮だけは全然だよね」

「ですね……」

彼の言うとおり、楡先輩の指揮に一切の変化は見られなかった。

テンポも強弱もふらふらと変わり、部員たちはそれに食いつくので精一杯だ。

むしろ、部員たちが少しずつ楡先輩の指揮に合わせられるようになってきた気がする。

さすがに何ヶ月も一緒にやっていると、微妙にコツをつかめるようになるのだ。

「もう諦めて、こっちが合わせる前提でやった方がマシかもね。そっちは順調に伸びてるからさ」

「ははは。それはそれでありですけど、コンクールで評価される演奏にはならないですよ……。やっぱり、指揮は指揮でなんとかしないと。それに」

「それに？」

「……最近、うまくいきそうな気がしてきたんですよね」

どうしても心を開かなかった彼女が。

頑《かたく》なに自分を曲げなかった彼女が――あの日をきっかけに変化を始めた。

だとしたら、いつかあの人の指揮だって、もっと安定したものに変わっていくんじゃないか……。

はっきりした根拠はないけれど、今の僕はそんな気がしはじめていた。

「……そっか」

言って、金山先輩は意味深に笑って見せた。

「なら、楽しみにしてるよ。これから梶浦くんと楡がどうなっていくか」

「……ええ、期待に応えられるよう頑張ります」

そして、そんな風に少し素直になった楡先輩と練習を続けていたある日。
練習のあと――僕は彼女に「連れて行きたい場所がある」と言われる。

♪

「――こっちだよ」

振り返る彼女にそう言われて、どぎまぎしながら階段を上りはじめた。

スニーカーの足音が、濃い茶色のタイルに反響する。

住民の人とすれ違わないかとヒヤヒヤしてしまう。

——ここは、通っていた古人見中学の近く。

坂道の途中にある、とあるマンションの階段だ。

練習後。

僕は楡先輩に連れられて、縁もゆかりもないこの建物の階段を上っているのだった。

「……ていうか、入ってよかったんですか？　このマンション」

声のトーンを落としつつ、先を行く楡先輩にたずねた。

「ここ……別に楡先輩の家とかじゃないんですよね？　勝手に入ったらまずいんじゃ……」

連れて行きたい場所、と言われて、最初は公園やお店を想像した。

落ち着ける場所で音楽の話をしたいとかそういうことかと……。

でも、彼女が案内してくれたのは普通に人が住んでいる大型のマンションで、何をしたいのかが全くわからない。

「大丈夫だよ」

そう言って、楡先輩はさくさく先に進んでいく。

「大家さんと知り合いだから、いつでも来ていいって言われてる。もうちょっとだから頑張って」

「……はい」

思わず、深いため息を漏らしてしまった。

本当に、何を考えてるんだろうな……。

最近変わりはじめた楡先輩だけど、彼女が変人であることに変わりはない。

もしかしたら「わかり合えるかも」なんて思ったりもしたけれど、そもそも彼女はこういう人なんだ。

やっぱり天才の思考は、僕のような凡人には理解できないのかもしれない……。


「――ついたよ」

マンションの最上階近く。十一階と十二階の間。

踊り場で、楡先輩が立ち止まりこちらを振り返る。

「やっと……ですか」

なんだか妙に気疲れしちゃったな……。

ため息をつきながら階段を上りきり、僕は彼女の隣に立った。

「……で、ここがなんなんですか？　なんか、不法侵入してる気分なんですけど……」

「見て」

楡先輩が、僕の後ろを指差す。

これまで上ってきた、階段の方。

わけがわからないまま、僕はしぶしぶそちらを振り返った。

そして――、

「……」

――言葉を失う。

午後七時前。

日没直前。

目の前に――蜂蜜色の世界が広がっていた。

眼下に見下ろす街が、淡い橙に沈んでいる。

見上げた空は水彩画のように複雑な色合いで。

西の空はわずかに藍色に滲み、一番星がかすかにきらめいていた。

「これは……」

思わず、そんな声を漏らしてしまった。
「これは、すごい……」
——感情の波が、胸に押し寄せる。
どこか懐かしいような、泣き出したくなるような気持ち。
この景色を見るのは初めてなのに、ずっと昔から知っていたような、そんな感覚。
そして——隣に立つ楡先輩。
彼女は夕日を浴びて、細めた目で街並みを見下ろしていた。
その姿がとてもきれいで——。
まるで一枚の絵画みたいで——。
しばらくその横顔に、見とれてしまった。
「……ここで初めて、音楽をやろうと思ったの」
楡先輩が、つぶやくように言う。
「昔ね、私このマンションに住んでたんだ。それでね、中学のとき、親にｉＰｏｄと
おすすめの曲をいくつか買ってもらって……学校の帰り、初めてここで聴いたの」
独り言のように、ぽつりぽつりとこぼす先輩。
僕はそんな彼女から、目が離せない。

──楡先輩が。

──初めて自分のことを、僕に話している。

「そのときね、これだと思ったんだ。私は、これをやりたいって」

言って、こちらを向く楡先輩。

その目が、まっすぐ僕を射貫いた。

「私、話すの苦手で、気持ちをうまく表現できなくて。でも、音楽でならできそうだと思った。気持ちを形にできる気がした。ここで、そう思ったの」

──そうか。

ここは、楡先輩が。

この人が「生まれた場所」なんだ。

「梶浦が、曲を聴かせてくれたから。お礼に、この景色を見せたかった」

「……そう、ですか」

幸福感が、じんわりと頭に広がっていった。

「……ありがとうございます。教えてくれて……」

とてつもない才能を持ったこの人の体温に。

しっとりと汗の滲む素肌に、初めて触れることができた気がした。

……相変わらず、楡先輩の心変わりの理由はよくわからない。
これからも、ずっとわからないのかもしれないと思う。
それでも、彼女が気持ちを伝えてくれたことを、僕はうれしく思った。
そして——初めて思う。
今なら聞けると。
彼女のことを、もっと知ることができるはずだと。
「……楡先輩は」
少し考えてから、僕は彼女の名前を呼ぶ。
「楡先輩は、どうして音楽を作るんですか？」
最初にたずねるなら——これしかない。
彼女の本心を、彼女自身を一番物語ってくれる質問。
「……それが、私の生きる場所だから」
つぶやくように、楡先輩が答える。
「音楽の中で、私は生きていきたいから。だから、私はずっと音楽を作っていたい。
それを、たくさんの人に聴いてもらいたい」
——初めて聞く、楡先輩の、音楽に対する気持ち。

純粋で、素朴で、そして強さを感じる——その意志。

「……そうですか」

——ずっと作りたい。

——たくさんの人に聴いてもらいたい。

「……全国大会にも、出たいですか？」

「うん」

楡先輩は、こくりとうなずいた。

「それで、たくさんの人に聴いてもらえるなら」

——自分の気持ちが定まっていくのを感じる。

突然お世話係にされて、戸惑い続けてきた。

香原先輩の言葉に、本当にこれでいいのかと不安にもなった。

それでも——楡先輩が望むなら。

彼女がそうしたいと思うなら。

やっぱり僕らは——全国大会を目指したいと思う。

不器用で、感情表現がへたくそな楡先輩。

そんな彼女が——気持ちを伝えてくれたんだ。

だったら、僕にできることはなんでもしたい。

「……よし」

もう一度街を見下ろし、僕は覚悟を決める。

考えなくちゃ。

もっとたくさんの人に、楡先輩の曲を聴かせる方法を。

簡単なことじゃないだろうけど、きっとどこかにやりかたがあるはずだ。

The revolving star &
A watch maker

The third movement

第三楽章

六月の迷宮

「――何してるの？　梶浦」

たずねられて、ノートに書き込みする手を止めた。

昼休みの音楽室。

顔を上げると――夏服姿の楡先輩がいる。

――ブラウスの白と、袖から出た二の腕。

――第一ボタンの開けられた首元には、わずかに鎖骨がのぞいていた。

「……あ、ああ、今後の練習プランを考えてるんですよ」

少しだけ目のやり場に困ってしまって、視線をそらしながら僕は答えた。

「コンクールの日はどんどん迫ってきますからね。どういう風に練習を進めるのがいいか、予定表を作ってるんです」

現在、六月中旬。

夏のコンクールの第一弾である「県大会」は一ヶ月半後の七月末に、東海大会はそのの少し先の八月中旬に迫っていた。

全国大会に出場するためには、それぞれの大会で金賞を取らなければいけないわけで……、

「ピンチだねえ」

「そうだねえ」

隣の席から予定表をのぞき込む伽耶に、苦笑気味にうなずいた。

彼女の言うとおり、伊佐美高校吹奏楽部はかなり厳しい状況にあると言える。

なんせ、現状僕らはまだ、楡先輩の指揮に振り回されっぱなしなのだ。

演奏は、入部した当初からあまり変わっていない。

けれど、僕は決して諦めてはいなかった。

――音楽を作り続けること。

――そして、たくさんの人にそれを聴いてもらうこと。

僕は今、そんな楡先輩の「願い」を知っているのだ。

その二つを叶えるためには、客観的に見ても「調整」が必要だ。

そのことを、ちゃんと楡先輩に説明できれば。

多くの人に聴いてもらうために必要だと理解してもらえれば、少しずつでも僕らの感覚に合わせてくれるはずだ。

ちなみに、僕と伽耶は去年、県大会高校生の部を客席から見ている。

正直……こんなものか、というのが素直な感想だった。

もちろん、全体的なレベルは中学生よりも高かった。

けれど、決して手が届かないレベルではなかったし、今から調整さえできれば十分あれくらいの演奏は可能な気がする。

ひとまず県大会さえクリアできれば、東海大会までにやれることはもう少し増えるはずだ。

さらにラッキーなことに、「調整の必要」を楡先輩に体感してもらえそうな「チャンス」が、すぐ来週に控えていた。

これまで散々苦戦してきたけど、ここにきてようやくなんとかなりそうな気配が見えてきたな……。

「頑張らないとなー！」

言いながら、僕は席を立ち窓を開けた。

「ここからが正念場だ……！」

音楽室に吹き込む、暖かい風。

梅雨ではあるけれど、晴れているおかげで湿度はあまり感じない。

なんとなく、夏が近づいてきたことを肌で感じさせられる。

そのせいなのか、生徒たちの間でもちょっとだけ浮ついた空気が流れていて、

「……あ、梶浦くんたちだ」

音楽室の扉が開き、一組の男女が入ってきた。

「ああ、どうもです」

「うん、お疲れー」

吹奏楽部部員、ホルンの駒沢《こまざわ》先輩とサックスの小野田《おのだ》先輩だ。

どうもこの二人……先日から付き合いはじめたらしいのだ。

このところ、クラスでも部活でも色恋沙汰の話をよく聞くようになった。

多分それは偶然なんかじゃなくて、変わっていく季節が彼らの気持ちを盛り上げているんだと思う。

「……もしかして、三人で練習してた？　俺らいたら邪魔かな？」

「いえいえ、全然かまいませんよ。気にしないでください」

「まあ、あんまりイチャイチャはしないでほしいですけどねー」

からかい半分に釘を刺す伽耶に「わかったよ」と笑って、二人は仲良く一つの机で昼ご飯を食べはじめた。

ほほえましい気分でそれを眺めてから、僕はスケジュール帳に視線を戻した。

ページには、先日金山先輩に渡された「コンサート概要」が挟まれている。

来週末、市内で開催される演奏会。

はまホールで行われる『しおさいコンサート』だ。

これがきっと。

このコンサートがきっと、楡先輩が変わるきっかけになるはず――。


♪


「――よし、荷物は全部下りたね！」

トラックの荷台に忘れ物がないのを確認して、金山先輩は額の汗をぬぐった。

「じゃあ、男子はパーカスを、女子は管楽器を優先して控え室持ってって！　香原さん、誘導よろしく！」

「うん」

香原先輩がうなずき、ホール前広場の部員たちに号令をかける。

「皆、裏口からホールに入るよ。他の学校もいるから、迷わないように気を付けて」

「はい！」

歯切れ良く返事すると、僕らは浜松市教育文化会館、通称「はまホール」の裏口へ向かった。

――六月下旬。

今日はかねてから準備していた合同演奏会、『しおさいコンサート』の本番だ。

このコンサートは、市内の吹奏楽団体が日々の練習の成果を披露し合う恒例行事みたいなもので、出場条件は「浜松市在住のメンバーを含む吹奏楽団」。毎年、多数の高校や中学校、一般団体が出場する。

コンサート、と名付けられているように、順位などは決まらない。

目的は、あくまで地域の文化振興だ。

ただ、コンクール直前という日程もあり、演奏される曲は大会曲であることが多くて、実質的に夏の大会の前哨戦《ぜんしょうせん》という立ち位置にもなっている。

今回、僕らもこのコンサートで、自分たちと周囲の学校の実力差を知る予定だ。

実際に他校の演奏を見るのは、楡先輩にとっていい刺激になるはず。

「……しかし」

重たいマリンバを押しながら、ロータリー前で空を見上げた。

「降り出しそうだな……」

梅雨らしく、空には灰色の雲が垂れ込めはじめている。

朝見た天気予報では、昼からの降水確率は八十パーセントを越えていた。

楽器を濡《ぬ》らしてしまうことがないよう、早足でホールの裏口へ駆け込んだ。

「……うおお、これは……」

同じようなことを考えていたのだろう。

ひさしののびた裏口界隈は、出演する吹奏楽関係者でごった返していた。

所狭しと詰めかけている、学ラン、セーラー服、ブレザー姿の学生たち。

出演時間が近いせいか、コンクールでぶつかりそうな高校生の姿が多いな……。

「あ、北西《ほくせい》高校……」

僕に続き駆け込んできた伽耶が、つぶやくように言う。

その視線の先には、彼女の言うとおり現代的なデザインのブレザーを身にまとった、北西高校吹奏楽部の生徒たちがいた。

そして、

「伊場《いば》高校に……鴨江《かもえ》高校もいるね……」

「だな……」

「ライバルそろい踏みだねー……」

その三校は、昨年県大会で金賞を獲得した高校たちだ。

伊場高校はいわゆるダメ金、次の大会に進めない金賞だったのだけど、実質彼らが県大会で実力を競い合う相手ということになるだろう。

……辺りに、ぴりっとした空気が流れはじめた気がする。

誰かが口にしたわけではない。

動きが変わったわけでもない。

それでも、はっきりと感じる、張り詰めた空気……。

その空気感には、覚えがあった。

そうだ……これは。

夏になる度、毎年感じていたあの空気。

「――コンクールと、同じ気配なんだ……」


♪


「控え室」に楽器を運び込み、演奏の準備を始める。

このあと「リハーサル室」という別室に移動して音出しをし、それが終わったらついに本番という段取りだ。

自分たちの出番が終わり次第、僕らはあらかじめ確保して置いた客席に移動。他校の演奏を聴くことになっている。

「へいへいペットパートー！　準備はいいかーい！」

ケースからマイ楽器を取り出した莉乃ちゃんが、陽気な声で言った。

「本番まではまだちょっとあるけど、しっかり準備しておくんだよ！　唇やらかくして、指回りも良くしておくんだぜ！」

「はい！」

全員でうなずきながら、僕は気持ちが昂《たか》ぶっていくのを感じていた。

確かに、今日は前哨戦でしかない。

それでも、コンクールで争うライバルたちの前で初めて演奏をするわけで……どうしたって、そわそわどきどきしてしまう。

「……ねえねえ、莉乃ちゃん」

「おっ、どうしました？」

見れば、パーカッションのパートリーダーが莉乃ちゃん先輩に困り顔で話しかけるところだった。

「ちょっとお願いがあるんだけどさ……タンバリンの皮、ドライヤーで乾かさないといけないんだけど、この部屋コンセントが全部うまっちゃってて……」

「え、マジですか」

「でね、トイレにはコンセントがあるんだけど、パーカスパート、チューニングとかで手一杯で……ペットパートに空いてる人いたら、ちょっと乾かしに行ってきてくれないかな……？」

「ああ、大丈夫だと思いますよ！　我々、すでに準備は万端ですから！」

言って、莉乃ちゃん先輩はパートメンバーをざっと見回すと、

「——よし、康規！」

僕の方をびしっと指差した。

「君を、パーカスパートのお助け要員に命じる！　ちょっくらトイレに行って、タンバリンを乾かしてきてあげなさい！」


「……ほんとだ、全然張りが変わる！」

タイル張りのトイレ。

洗面台の前でタンバリンにドライヤーを当てていた僕は、皮の張りの変化に結構本気で驚いていた。

「さっきまで湿気でだるんだるんだったのに、パンパンに張り詰めた。音も全然違う

「……」

湿気のせいで皮が伸びてしまうのは、パーカスパートには往々にしてあることらしい。

人工の皮だと伸び縮みはしないのだけど、こういう天然の皮を使っていると入念な管理が欠かせないんだとか。

意外と繊細なんだな、打楽器って……。

叩いて演奏するくらいだから、なんとなく丈夫そうに思っちゃうけど。

「……よし！」

もう十分乾いただろう。

叩いたときの音も大分良い感じになったと思う。

そろそろ控え室に戻って、本番前のアップを始めよう。

ステージには、万全の態勢で上がるようにしたい。

もう一度タンバリンを「タタン！」と叩いてからドライヤーを止め、コンセントを引っこ抜いた。

と、

「——おっと、梶浦くんか」

後ろから、ふいに声をかけられた。

振り返ると――運搬トラックの後処理に行っていた金山先輩がいた。

ワックスを手に持っているあたり、楽器搬入で乱れた髪を直しに来たらしい。

「あ、ああ、お疲れ様です」

「うん、お疲れ。……タンバリン乾かしてたんだ」

「はい、手が空いたんで、お手伝いしてました」

「皆はどんな感じ？　順調に準備進んでる？」

「はい。パーカスだけちょっと焦ってましたけど、大丈夫だと思います。楡先輩も、いつもどおりぼんやりしてますよ」

「そっか」

言って、金山先輩は髪を整えながら笑った。

「ほんと、楡のこと梶浦くんにお願いしてよかったよ。予想どおり、しっかりフォローしてくれてて」

「……予想どおりだったんですか？」

「まあね。あれから起きたこと全部が全部ではないけど、大体期待したとおりで本当に感謝してる」

ははと笑う金山先輩。

この人……一体どこまで読みながら行動してるんだろう。

彼女のそばにいる僕は、まだあの人の変化の理由もよくわかっていないのに。

金山先輩の話を聞いていると、なんだか自分がとんでもなく鈍感な気がしてくる。

「……金山先輩だったら」

ふと思い立って、僕は言ってみる。

「最初から、楡先輩のお世話をするのが金山先輩だったら、もっとうまくいったかもしれないですよね。最近僕、ようやくあの人のことわかってきましたけど、やっぱりまだまだだなと思いますし……」

「そんなことないと思うよ。俺にはないものを、梶浦くんは一杯持ってるからね」

「そうなんですかね……。でも、そこまでいろんなことが読めるんだったら、僕がやるより楡先輩のためになったんじゃないかって、ちょっと思っちゃうんですよね」

「……楡のために、か」

言って、金山先輩は鏡を見ながら蛇口をひねった。

「それだよ。そもそもそういう発想が、俺にはないんだよね」

「……えっ」

思わず、変な声を出してしまった。

「あの子のためになるとかならないとか、知ったことじゃないっていうか」

ドライな人なのはわかっていた。

きっと金山先輩は、楡先輩の気持ちや自分たちの実力や、そういうところをドライに割り切って、いろいろ判断しているんだろうと。

それでも、まさかここまで冷たい言い方をされるとは思っていなくて、

「ほ、本気でですか……？」

思わず、僕はたずねてしまう。

「本当にそう思ってるんですか……？　その、せっかく一緒にやってるんですから……この部活が、皆にとって良いものであってほしいじゃないですか。そういうとこ無視したら、それはもう利用してるのと変わらないですし……」

「確かに、利用かもね」

ワックスをひとすくい手に取ると、彼は世間話でもするように話を続ける。

「でもさ、あの子にとって何がいいとか、あの子がどうすると幸せとか、そういうことを決めるのは本人でしょ？　俺でも、梶浦くんでも、皆でもない」

「それは……そうですけど……」

「だったら、俺たちにできることは、提案だけじゃない？　俺たちの戦力はこのとおり。君の持つ戦力はこのとおり。だから、こうやって戦ってみないか？　って。俺は状況を見て、あの子が指揮を振るのが最善だと判断した。だから、彼女に指揮を依頼した。そして、彼女はそれを引き受けた。梶浦くんにお世話を頼んだのも同じだよ。それが一番良いから、そうしてるだけ」

「……でも、それで相手にメリットがないのは……」

「だったら、それは本人が主張すべきだよね。繰り返すけど、あの子にとって何が一番良いかは、あの子にしかわからない。それを周囲が勝手に推測してあれこれするのは、身勝手ってものでしょ。だからこちらは提案するだけだし、嫌になったらやめてもらってかまわない。お互い怒りっこなしだ」

「……で、でも！」

言ってから、自然と声が大きくなっているのに気が付く。

「もし明日、楡先輩が、もう指揮を辞めるって言ったら……どうするんです？　困るじゃないですか！」

「それはそれで仕方ないさ」

屈託のない表情で、金山先輩はそう言い切った。

「本人がそう言うなら、仕方がない。止めることはできないし、次に可能性の高い方法を選ぶしかないよね。現状だと……そうだな、香原さんあたりが指揮を振るのがいいかなー」

「そう、ですか……」

「ていうかさ」

髪のセットを終え、金山先輩がこちらを見る。

「相手の気持ちを尊重するって——そういうことじゃないかな？　俺は、そう思うんだけど」

♪

「——続きまして、県立伊佐美高校吹奏楽部の皆さんです」

アナウンスを聞きながら、僕はぼんやりと客席を見下ろす。

暗闇の中に沈んだ、たくさんの顔、顔、顔——。

ステージ上はライトの光にきらめいていて、皆の背中が緊張でこわばっているのがはっきり見えた。

そして、僕の頭の中では、金山先輩の言葉が何度もリフレインしていた。

『――相手の気持ちを尊重するって、そういうことじゃないかな？』

……彼の言うとおり、楡先輩の幸せを決められるのは本人だけだ。

僕を含む他人が、それを決めることなんて絶対にできない。

じゃあ……僕の気持ちは。

彼女の音楽を、全国大会に連れて行きたいという思いは。

本人の気持ちを無視した、身勝手な願いなんだろうか……。

「――では、伊佐美高校の皆さん、よろしくお願いします」

アナウンスが終わり、楡先輩が指揮棒を振りかぶった。

……いけない、ぼーっとしてしまっていた。

これは本番なんだ。

気を抜いてる場合じゃないぞ……！

慌ててペットを掲げ、マウスピースを唇に当てる。

そして、楡先輩が指揮棒を振り下ろすのと同時に――お腹から息を吐き出し、唇を震わせた。

――曲が始まる。

まずは一曲目。コンクールの課題曲、「花の序曲」だ。

ひらひらと舞うようなメロディに、聴き手の予想を裏切る変拍子。

楡先輩の曲とはタイプが違う、テクニカルな曲。

本来、軽やかにアンダンテ（歩くような速さ）で進むその曲を――今日の楡先輩は、アレグレット（やや速め）にアレンジしようとしている。

――しかし、本当に速いな……！

これまでも、楡先輩はこの曲を速めに振ることが多かったけれど、こんな速さは初めてだ……！

演奏が指揮に追いつかず、音が乱れそうになる。

しかし、

――ちくしょう、ここで崩せるか……！

必死に指を回し、なんとか指揮に追いすがる。

他のメンバーも同じ気持ちなのか、崩壊しかけた演奏が徐々にまとまりをとりもどし、一つの音の固まりになった。

――このところ、部員たちの「楡先輩に合わせる技術」はかなりのものになってきていた。

彼女の指揮は、以前のとおり奔放なままだ。

テンポも強弱も安定しないし、気分によって大きく指揮の振り方が変わってしまう。

そこでぼくらは、少しずつ上手な対処方法を習得していったのだ。

例えば、彼女の指揮にはいくつかの癖がある。

音量を極端に落としたあとは、わずかにテンポを速めたがる、だとか。

テンポをゆったりにした場合は、基本的に音量を大きめにしたがる、だとか。

そういう「癖」を体感的に覚えはじめたおかげで、彼女の無茶ぶりに対応ができるようになり、以前よりもずっとまとまった演奏をできるようになってきたのだ。

進歩が感じにくい日々の練習の中で、そこだけは数少ない明らかな「成長ポイント」だった。

少し余裕ができて、ようやく僕は客席に目をやる。

目を見開き、眉間にしわを寄せ、隣の人に何か耳打ちしはじめるお客さんたち。

きっと皆、この曲のアレンジに驚いているんだろう。

まさか、こんなに原曲から離れた演奏をする学校があるなんて思ってもいないだろうからな……。

そんなことを考えているうちに、「花の序曲」が終わる。

客席から上がる拍手を聞く限り……プロムナードコンサートのときに比べても、反応は悪くない。

楽器を片手に、ほっと胸をなで下ろした。

今回もあのときと同じ感じだったら、さすがに自信をなくしてたよ……。

続いて演奏するのは——楡先輩のオリジナル曲だ。

この曲を人前で演奏するのは、これが初めてだな……。

まだタイトルは決まっていなくて、「曲名未定」として『しおさいコンサート』パンフレットには記載してもらっている。

部員のオリジナル曲を演奏する、というのは界隈でも話題になったらしく、今日の演奏も注目されているそうだ。

緊張気味にもう一度楽器を構える。

そして、楡先輩の指揮棒の動きに合わせて——演奏を開始した。

ファンファーレが高らかに鳴り、それにAパートの主題が続く。

……うわあ、こっちの曲も相変わらずめちゃくちゃだな！

でも……大丈夫だ！

なんとかギリギリのところでついて行けている。

客席の人々も、興味深げに僕たちの演奏に耳を澄ませていた。
——今日のところは、これでいいと思う。
もちろん、この演奏では全国なんて夢のまた夢だ。
最低限のレベルには達しているけれど決して「いい演奏」ではない。
県大会も突破できないだろう。
それでも——今日の課題は相手のレベルを探ることなんだ。
演奏は、これから楡先輩と一緒に練り上げていければいい。

♪

出番が終わり、舞台袖にはけた。
薄暗い舞台裏を抜けて、皆で楽屋へ向かう。
客席からは、今も遠く拍手の音が聞こえてきていた。
結局——演奏はまあまあ、といったところだろう。
全体的に楡先輩の指揮には食いつけたし、最低限聴ける演奏はキープできたと思う。
「……あ、先輩！」

暗闇の中で、彼女の姿を見つけてそちらに駆け寄った。

「梶浦、お疲れ様」

楽譜を抱えた楡先輩はこちらを振り返り……こんなことを僕にたずねた。

「指揮、どうだった？」

……その質問に、気持ちがふわっと浮き上がった。

今までは、この人が誰かに意見を聞くことなんてなかった。

けれど、そうか。

今この人は、僕にこんな風に意見を聞いてくれるようになったのか……。

「よかったと思いますよ」

口元が緩んでしまうのをなんとかごまかしながら、僕はそう答えた。

「相変わらずめちゃくちゃでしたけど、まあ、聴ける演奏にはなってたと思うので……。あとは、コンクールまでにしっかり仕上げていきましょう」

「そう、わかった」

言って、楡先輩は小さく息を吐き出した。

……よし、これで自分たちの出番は一段落だ。

あとは、他校の演奏を聴いて、それに負けない方法をしっかり考えるだけ。

言ってみれば、今日の本題はこっちなわけで、気合いを入れ直してしっかり聴かないとな……。

「じゃあ、行きましょうか」

「うん」

うなずき合って、楡先輩と一緒に楽屋へ向かって歩き出した。

――そのときだった。

――背後で、音が弾けた。

華やかで、きらびやかで、重厚な音の固まり。

それが、次の団体の演奏だと気が付くのに――数秒かかった。

「……え、嘘だろ……」

その演奏に、僕は思わずそんな声を漏らしてしまう。

「これ、どこの演奏だよ……？　まさか、高校生……？」

慌てて、ポケットに入れていた出順表を見る。

僕らのあとに出演する予定だったのは――、

「……伊場高校」

——昨年、北西高校と鴨江高校に破れた、伊場高校だった。

衝撃で、その場から動けなくなる。

これが……伊場高校の演奏？

本当に……？

彼らの演奏は、去年伽耶と一緒に見ているはずだ。

勢いはあるけど雑な面が目立って、お世辞にも素晴らしい演奏ではなかったはず。

でも、今ステージ上で響いているのは、勢いは去年のままで粗を丹念に取り除いてある高度な演奏だ。

胸を打つ迫力に、思わずその場に立ち尽くしてしまう。

——たった一年で、伊場高校はここまでレベルアップしたっていうのか……？

「……知り合いが、伊場高校の吹奏楽部にいるんだけどさ」

金山先輩がそばに寄ってきて、耳元で話しはじめる。

「今年は伊場高校も、全国に行こうって頑張ってるんだって。なかなかのレベルに仕上げてきてるね」

「そ、そうなんですか……」

「ちなみに、北西高校は有名講師を外部から招いたらしいし、鴨江高校は一年生にびっくりするほどうまい子が何人か入ったって。どこの高校も、今年は本気で全国狙うつもりみたいだねー」

あくまで軽い口調の金山先輩。

けれど僕は——身体中に汗がじわりと浮き出すのを感じていた。

これは……まずい。

完全に想定外だ。

大会一ヶ月前に、こんなレベルに達しているなんて……。

僕らはまだ、調整を始めることすらできていないのに……。

……間に合う、のか？

額の汗をぬぐい、回らない頭で考える。

僕らはあと一ヶ月で、演奏をこれに敵《かな》うレベルに持っていかなきゃいけない。

本当に、そんなことできるのか……？

♪


「――というわけで、今日はお疲れ様でした」

コンサートが終わり、帰ってきた音楽室。

締めくくりのミーティングで、金山先輩が話を始めた。

窓の外はすでに真っ暗で、部員たちは不健康な蛍光灯の光に照らされている。

「今回のコンサートでは、皆いろいろと感じるところがあったと思います。それを糧に、今後も頑張っていこう!」

いつものように上がる「はい」という返事。

しかし……その声のトーンは、明らかに普段に比べて低い。

――コンサートで見た他校の演奏は、どれもハイレベルなものだった。

伊場高校だけじゃない。

北西高校も鴨江高校も、前年をはるかに上回るクオリティの演奏を繰り広げていた。

皆、自覚してしまったのだ。

このままじゃ、ダメだと。

全国どころか、東海大会にも出場できないと。

もちろん、それは僕も同じだった。

調整さえすればなんとかなるなんて……考えが甘すぎた。

根本的な演奏の改革ができなければ、あのレベルには絶対に追いつけない。

……どうする？

どうすれば、このピンチを切り抜けることができる……？

「じゃあ、解散しようか」

危機感を全く感じさせない声で、金山先輩が言う。

莉乃ちゃん先輩も、香原先輩さえもどこか表情に焦りを見せる中、彼だけは普段どおりのひょうひょうとした態度だった。

「今夜はしっかり休養をとってね。また明日から頑張ろう」

……消化不良ではあるけれど、彼の言うとおりかもしれない。

今すぐここでできることなんてほとんどない。

だったら、一度帰ってしっかり休んで、先のことはそれから考えた方がいいのかもしれない……。

——けれど、

「じゃあ、お疲れ様で――」

「――ちょっと待ってください！」

部員の中から、声が上がった。

見れば――ホルンパートの二年生。

山名先輩が、追い詰められた表情で手を上げている。

「山名くん、どうしたの？」

「あの……このまま終わりにしていいんですか？」

「どういうことかな？」

「皆も今日の演奏見て思いましたよね？　このままじゃヤバいって。多分俺たち、全国出れないって……」

その問いに、答える部員はいない。

視線を落とす生徒、ため息をつく生徒、うつむいている生徒……。

けれどその態度が、全員同じ気持ちであることをはっきりと物語っていた。

「だから……明日からまた普通に練習するとかじゃなくて、すぐにでも皆で対策を考えるべきだと思うんです」

「なるほどね」

金山先輩が、うんうんとうなずいた。

「対策、対策、対策……か。ちなみに、だけど」

言って、彼はじっと山名先輩を見すえる。

「なんとなく、山名くんは具体的な対策を思い付いてそうな気がするんだけど、どう？　こうしたい、みたいな意見はない？」

「……えっと、それは」

口ごもる山名先輩。

どうやら、図星を突かれたらしい。

彼は視線をふらふらとさまよわせたあと、

「……藤野さんの指揮を……もう少し、なんとかするというか……」

「なんとかする？　これまでもなんとかしようとしてきたと思うけど、もっと別のやりかたでってことかな？」

「ええっと、その……だから藤野さんの……」

「──指揮者変更も考えるべきだと思います」

山名先輩の言葉を引き継いだのは、トロンボーンパートの錦戸《にしきど》先輩だった。

「藤野さん以外に指揮を振ってもらうことも、考えるべきだと思います」

――椅子から立ち、はっきりと言い切った錦戸先輩。

その言葉に、彼女の姿に――僕はめまいを覚えた。

――楡先輩以外に、指揮を振らせる。

これまでも、何度か想像はしていた。

それでも、できれば回避したかった、実現させたくなかったそのアイデア――。

それが今――現実に採用されうる意見として、提案されている。

「あの、藤野さんが才能があるっていうのはわかります。私とは桁違いにすごい人なんだっていうのはわかります」

錦戸先輩は、切々と言葉を重ねていく。

「でも、今回のことでわかりましたよね？　藤野さんの今の指揮のままじゃ、絶対全国行けないって。じゃあ、藤野さんが明日から指揮を変えてくれるかっていうと、それも絶対無理でしょう？　だってこれまでも皆でなんとかしようとして、今も、梶浦くんがいろいろ頑張ってて――」

――突然自分の名前が出て、体がビクリと震えた。

「――それでも、藤野さんは変わらなかったんです。だったらもう……他の人に指揮を任せるしかないじゃないですか！」

錦戸先輩がそう言い──静まりかえる部室内。

反論が上がらないのは、彼女の言うことが正論だからだ。

他校の演奏は、思った以上にレベルが高かった。

そして──伊佐美高校の演奏は、いまだに楡先輩に振り回されたまま。

楽器隊のレベルは上がっているのに、楡先輩だけ変わる気配がない。

だとしたら──楡先輩ではなく、別の人が指揮を振るべきじゃないか。

確かに、筋の通った意見だと思う。

「……なるほどね」

錦戸先輩の話に、金山先輩はうなずく。

「はっきりした意見ありがとう。つまり、前やったみたいに他の人に指揮をやってもらうと」

そして、彼はいつもの優しい笑みを浮かべると、こう続けた。

「良いアイデアじゃないかな？　このままじゃ県大会も突破できないのは、俺も間違いないと思うよ。反論がなければ採用してもいいと思うけど。皆、どう？」

その言葉に──焦りがこみ上げた。

錦戸先輩の意見は正論だ。

部員の皆が賛同するのも仕方がない。

けれど錦戸先輩は――部員の皆は、楡先輩の気持ちを知らないんだ。

彼女がたくさんの人に音楽を聴いてほしがっていることを、全国に出たがっていることを知らないんだ。

まだ彼女が変わる余地はあるはずだし――諦めてしまうのは早すぎる。

「ちょ、ちょっと待ってください！」

慌ててその場に立ち上がり、僕は説明を始める。

「確かに、他校の演奏はすごかったです！　正直、予想外でした。でも、元々今回は相手のレベルを知るのが目的だったんです！　で、そのうえで、明日から楡先輩と話して、指揮を調整しようと思ってて……」

全員の視線が自分に集まっているのに、一瞬気圧《けお》されそうになる。

けれど――一度大きく息を吸い込むと、僕は言葉を続けた。

「最近、楡先輩は変わりはじめたんです。ちょっとずつですけど、僕と話せるようになったし……だからきっと、指揮だって変わるはずだと思うんです！　確かに、思ったよりはハードルは高そうですけど……せめてそれを待ってくれませんか？」

――どうしても、僕は彼女の願いを叶えてあげたかった。

感情表現の希薄な彼女が。

気持ちを言葉にすることのない彼女が——僕に教えてくれた願い。

その大切な気持ちを、こんな形で終わりにさせたくない。

そして何より——僕自身が、彼女の指揮で全国大会に出たかった。

「……うーん、梶浦くんの意見はわかったよ」

腕を組み、金山先輩はうなずく。

「でもちょっと、説得力に欠けるかな。実際楡はここまで全く変わらなかったわけで、明日から変われるなんて保証はどこにもないよね？　それに、時間がないのも確かだ。本番まであと一ヶ月ないからね。根本的な対策が打てるのは今がラストチャンスだろうし、今日明日くらいには方針を決めたい」

「それは……そうだと思いますけど……」

相変わらず、金山先輩の意見も正論だ。

今を逃せば、このままずるずると大会当日を迎えることになってしまうかもしれない。

だったら——と。僕は拳をぎゅっと握る。

だったら、約束するしかない。

約束して、証明するしかない。

彼女の指揮で——全国に行けるんだと。

「——明日までに」

言って、僕は金山先輩に。

部員全員に告げる。

「楡先輩の指揮で、全国に行けるって、明日までに皆に証明します」

——静まりかえる音楽室。

莉乃ちゃん先輩が、伽耶が、そして他の部員たちが、驚きの表情で僕を見上げていた。

「皆が納得してくれる演奏を、明日までにできるようにします！　指揮者の変更は、それを見てからにしてください！」

「……そっか」

言って、金山先輩はほほえんだ。

本当に楽しそうな、幸せそうな笑みだった。

「じゃあ、それでいこうか。明日もう一度楡の指揮で、大会曲を通してみよう。それで皆が納得できれば楡の指揮で行く。そうでなければ」

言って、彼はメモ帳をぱたりと閉じた。

「指揮者を変更するってことで」

「……わかりました」

金山先輩の目を見ながら、僕は深くうなずく。

「絶対に——なんとかして見せます」


♪


——雨が降る帰り道を、楡先輩と歩く。

いつもどおり、まっすぐ前を向いている彼女と、少し後ろをついて行く僕。

辺りは真っ暗で、街灯の無機質な光が等間隔に黒い路地を照らしていた。

ふいに、迷路に閉じ込められたような感覚に陥る。

楡先輩と二人。

出口のない雨粒の迷路をさまよっているような感覚——。

けれど僕は——軽く頭を振って、錯覚を掻き消す。

皆に指揮を披露するまで、もう二十四時間もない。

明日は普通に授業があることを考えれば、チャンスは今だけだ。

今から僕は——楡先輩を説得しなきゃいけない。

「……楡先輩」

まずは真面目な口調で、彼女に話しかける。

「ごめんなさい、勝手にあんな風に啖呵《たんか》切っちゃって……」

楡先輩の意見も聞かず、ずいぶん勝手なことをしてしまったと思う。

彼女の希望を叶える、という目的もあったのも確かだけど、突っ走ってしまったことに変わりはない。

だからまずは、そのことを謝っておきたかった。

「ううん、いいよ」

その声に、感情の揺らぎは感じ取れなかった。

気持ちを隠しているのか、それとも本当になんとも思っていないのか……わからないけれど、それでも僕は話を続ける。

「……それでね、一つお願いがあります」

「なに？」

楡先輩が振り返り、立ち止まった。

じっとこちらを探る、つぶらな目。

「えっと、そのですね……」

まっすぐ視線をぶつけられ、しばらく言葉に迷ってから、

「……試しに、でいいので、もう少し安定した指揮を振ってくれませんか？」

……楡先輩は、言葉を返さない。

無表情のまま、僕を見ている。

「もうちょっとテンポをキープして、強弱も楽譜どおりにつけてみるんです。楡先輩だったら、やろうと思ったらできますよね。だから一度だけ、明日試しに、僕の言うとおりに振ってくれませんか……」

楡先輩は、しばらく僕の顔を見てから、くるりとUターンしてもう一度歩き出す。

「できないよ」

はっきりと、彼女はそう言った。

「私は、私が思うようにしか、指揮は振れないの」

「……ですよね、それはわかります」

彼女について歩き出しながら、僕は食い下がる。

もともと、あっさり楡先輩が話を聞いてくれるとも思っていない。

だからちゃんと、説明して理解してもらわなきゃ。

そのための言葉は、これまでずっと考えてきたんだ。

「——先輩の夢は、これからもずっと音楽をやること、たくさんの人に音楽を聴いてもらうことですよね。それから、全国大会にも出たいって言ってくれた。僕は、それを手伝いたいと思っています。でね……そうなったとき、どうしても、周りに合わせなきゃいけないこともあると思うんですよ。音楽は聴き手がいて成立するものですから」

楡先輩は、言葉を返さない。

「例えば、今がそうです。楡先輩が伊佐美高校吹奏楽部で指揮を振り続けるためには、皆に納得してもらわなきゃいけない。先輩の指揮で、全国を狙えるって思わせなきゃいけない。だから、一度でいいんです。皆の望むように、指揮を振ってみてもらいたいんです」

「できない」

もう一度、楡先輩が端的に拒否をした。

とりつく島もないその言い方に……僕は焦りを覚えはじめる。

「……どうしてですか？」

言ってから、自分の声が震えているのに気が付いた。

「なにも、ずっとやりかたを変えてほしいって言ってるわけじゃないんです……ただ、今そういうのが必要だから、一時的に周りに合わせてみてくれないかって言ってるだけで……」

気持ちの昂ぶりを必死に抑えて、主張した。

気を抜けば、何かが崩れて一気にあふれ出しそうだった。

僕の言っていることは、間違いじゃないはず。

別に、楡先輩の演奏を否定するつもりはない。むしろ、それはそれで大切なものだと思っている。

だけど……これからも指揮を振るために、一時的に皆に合わせてみてほしい。

それだけのことなんだ。

無理な要求でも、めちゃくちゃなお願いでもないはずだ。

なのに、

「それでも、できないものはできないの」

相変わらず楡先輩の声は平坦《へいたん》で。

感情の揺らぎも、迷いも見いだすことができなかった。

「私が生きる場所は、そこにしかないんだもの」

——胸に、苦しいほどのもどかしさがこみ上げた。

頭がかっと熱くなって、のど元に何かがせり上がる。

必死にそれを押さえ込もうとするけれど、

「……なんでですか！」

——口を突いて出た言葉には、隠しようのないとげがのぞいていた。

「そこまで自分のやりかたにこだわってどうするんですか！　それで、誰にも聴いてもらえなかったら意味ないでしょう⁉」

「気持ちをいつわってやる方が、音楽をやる意味がなくなる」

「いいですか先輩」

言って、僕はその場に足を止めた。

「あなたには——才能があるんです」

楡先輩が、立ち止まる。

「誰にもない才能を。本当は、僕だってほしくてほしくてたまらない才能を、楡先輩は持ってるんです！」

頭の中で、自分のオリジナル曲が鳴りはじめる。

彼女の曲に比べてあまりにも稚拙な、レベルの低い僕の曲。

どうせこんなもんだって諦めてるけれど——本当は僕だって、彼女みたいな曲を作りたいんだ。

誰もが感動する曲を生み出して、才能を認められたいんだ。

けれど、楡先輩はその権利を手にしながら、誰かに理解されることを拒んですらいるように見える。

それが——どうしても納得できなかった。

「あなたは皆と違うんです！　僕なんかとも違う！　特別な存在なんですよ！」

こちらを見ないままの楡先輩に、僕は言葉を投げかけ続ける。

「だからお願いです——それを活《い》かしてください！　それをきちんと、価値のあるものにしてください！」

言い切ると——路地に静けさが戻ってきた。

地面に当たる雨音が、ホワイトノイズみたいにそれ以外の音を消し去っていく。

軽自動車が、水たまりの水を跳ねながら僕らのそばを通り過ぎていった。

そして——楡先輩がこちらを振り返る。

――その表情に、僕は言葉をのんだ。

苦しそうに――今にも泣き出しそうにゆがんだ表情。

目には涙が貯《た》まり、唇は震えている。

――初めて見る楡先輩の「生の感情」。

その鮮烈さに、僕はもう、声を上げることもできない。

「……どうして？」

消え入りそうな声で、彼女はそう言った。

「どうして、そんなこと言うの？」

僕は、言葉が返せない。

「なんで梶浦、指揮を変えろなんて言うの？」

言葉が、返せない。

「どうして――私と自分が、違うなんて言うの？」

そして彼女は――くるりと僕に背中を向けると、

「ばか」

小さくそう言って、小走りで立ち去ってしまった。

残された僕は——身動きができない。
初めて見せた先輩の揺らぎに、あふれ出た感情に、頭は真っ白だった。
追いかけることも引き返すこともできないで。
僕はただ、雨粒の迷路の中、一人呆然と立ち尽くしていた。

♪

——次の日。
部活の時間になっても。
アップの時間が終わって、合奏隊形になっても。
楡先輩は、音楽室に現れなかった。

The revolving star &
A watch maker

The fourth movement

第四楽章

廻る星

「……ねえこれ、どうすんの？」

放課後。

合奏隊形になった臨時教室で。

山名先輩が途方にくれたような、怒ったような顔を僕に向ける。

「梶浦、昨日言ったよね？　今日中に、藤野さんがまともな指揮を振れるの証明するって。本人も、それちゃんとわかってるよね？」

「……はい」

「なのに……なんで来ないの？」

「すみません……ずっと連絡してるんですけど、返事がなくて……」

彼女が学校に来ていないことは、午前中に莉乃ちゃん先輩から来たメールで知っていた。

——楡が無断欠席してるの。何か知らない？

心当たりは——大いにあった。

昨日の口論だ。

先輩のあんな表情を見るのは初めてだった。

きっと……傷つけてしまったんだと思う。

それも、自分が想像しているよりもずっと深く。

先輩が学校に来ていないなら、おそらくあれが原因だ。

もちろん、何度も電話をした。

メールもしたし、ラインでも声をかけてみた。

けれど、彼女からの返事はなし。

ラインは既読にすらならない。

もしかしたら、部活にだけは顔を出してくれるんじゃないかなんて期待もしたけれど……集合時間を三十分過ぎても、彼女が現れる気配はなかった。

「……もうこれ、棄権っていうことでいいんじゃないですか？」

錦戸先輩が、金山先輩にたずねる。

「だって、本人が来ないってことは、指揮を振り続ける意志がないってことですよね？」

「ちょ、ちょっと待ってくださいよ！」

慌てて椅子から立ち上がった。

「まだ本人の意志はわからないじゃないですか！　もしかしたら、何か来れない理由があるのかもしれないし……」

「でも、私たちには時間がないんだよ？　それなのに、来るかわからない人を待たなきゃいけないの？　開始時間に来なかったっていう時点で、もう指揮を振る意志なし、って考えるのが自然じゃない？」

「そんな勝手な！　そもそも大した対案もないんですから、もう少しくらい待ってくれたって――」

「――勝手なのは藤野さんでしょ！　どれだけ全員振り回すわけ⁉　だいたいやる気がないなら――」

「――やる気がないわけじゃ――」

「はいはいストップストップ！」

口論になりかけたところで、金山先輩が割って入った。

「二人とも、ヒートアップしすぎ。一旦落ち着こう」

「……すみません」

頭を下げ、僕は椅子に座り直した。

確かに、ちょっと熱くなりすぎた。

錦戸先輩も気まずそうに黙り込む。

「で、これからのことだけど……」

金山先輩は席を立つと、指揮台に上った。

「俺が昨日二人に言ったのは『今日中に、楡の指揮で行けると皆に納得させてほしい』ってことだったよね？　だから、期限は今日の部活が終わる時間までだ。まだ、棄権ということにはしません」

金山先輩に断言されて、錦戸先輩は眉間にしわを寄せる。

「ただ、このままというわけにもいかないのも事実だね。山名さんと錦野さんの気持ちももっともだよ。ということで」

金山先輩はそう言うと——僕の方を見て、楽しげにほほえんだ。

「緊急で対策会議をします。今から言うメンバーは、臨Cに集まってください。他のメンバーは、ちょっと申し訳ないんだけど待機しててもらえるかな」


♪


臨Cに集まったのは、金山先輩、莉乃ちゃん先輩、香原先輩の「東邦の三賢者」に——僕、伽耶の計五人だった。

三賢者プラス僕、というのはわかるけど、なぜ伽耶まで呼ばれるのだろう？

よくわからないけれど金山先輩のことだ、きっと何か狙いがあるはず。

「さて、クライマックスだね」

金山先輩が、映画でも見ているような口調で言う。

「ここからの僕らの行動で、部の行く末が決まる。はたしてどうなるかな」

「金山くん、無責任すぎ」

香原先輩がぴしゃりとたしなめた。

「集めたからには、考えがあるんでしょう？　早く話してよ」

「そうですよ！」

うなずく莉乃ちゃん先輩は、もはや食ってかかる勢いだ。

「あーもうあの子、本当に心配させて……！　どこで何やってんだろ。怪我とかしてないといいけど……」

「うん、じゃあ本題に入ろう」

金山先輩が、僕らを見渡した。

「これから僕らは、楡をここに連れてこなきゃいけない。ここに連れてきて、皆が納得する指揮を振ってもらわなきゃいけないわけだね」

自分以外の全員がうなずいた。

「そのためにどうするか、このメンバーで決めたいと思います。……まあ、方法なんて『一個』しかないんだけどね。なんとなく『当人』がスムーズには動いてくれなそうだから、こうやって一度皆に集まってもらいました」

と——金山先輩が、僕の方を向く。

そして彼は、いつもどおりの人畜無害な笑みを浮かべて、

「梶浦くん。榆、探してきてよ」

……やっぱり、そういう話になるよな。

「昨日、あの子と何かあったんでしょ？　だったらきっと、他の誰が行ってもあんまり意味がないよね？　だから梶浦くん、君になんとかしてもらいたいんだ。あの子がいる場所も、なんとなくわかってるんじゃない？」

……確かに、状況を考えれば僕が行くのが「正しい」んだと思う。

榆先輩を傷つけたのは、きっと僕だ。

なら、きちんと謝って、もう一度説得しなきゃいけない。

金山先輩の言うとおり、あの人のいる場所もなんとなくわかっていた。

「……でも」

言いながら、昨日のやりとりを思い出す。

かけてしまったきつい言葉、酷く傷ついた様子の楡先輩。

「……僕が行っても、どうにもならないと思います」

「どうして？」

「楡先輩、もう僕の話は聞いてくれないと思います……。多分、許してもらえないくらい傷つけたので……。それに、もう僕わからないんです。あの人が何をしたいのか。

自分が、あの人の指揮を変えようとしてもいいのか……」

まさかあそこまで、楡先輩が自分の指揮に固執するとは思っていなかった。

表情をゆがめて、声を詰まらせて、それでも、自分のやりかたを貫こうとした先輩。

もう、今の僕には彼女の気持ちはわからなくて。

自分がどうすればいいのかもわからなくて。

会いに行ったところで、一体何ができるのか……。

それに……香原先輩だって言っていたじゃないか。

あの子は変わる必要がないんじゃないかって。

楡先輩があそこまで今の指揮にこだわるなら、変わりたくないというなら。

もう、自分が何かを言う資格はないんじゃないだろうか……。

「ふうん、変えようとしていいのか、か……」

金山先輩は目を細めると、

「香原さん、どう思う？」

ふいに、香原先輩に話を振った。

「そこは私も、最初から疑問に思ってるよ」

あっさりと、香原先輩はそれを認めた。

「前に梶浦くんにも言ったとおり、私は楡が変わる必要はないと思ってる。コンクールのために変わるより、自分の世界を追究してもらいたい。でも」

言って――香原先輩は、僕を見る。

「今の彼女を放っておくのは、もっとまずいかな」

「……もっとまずい、ですか？」

「うん。二人がどんなケンカをしたのかわかんないけど、あの子は音楽に関することで梶浦くんとケンカになって、傷ついたわけでしょ？　それこそ、梶浦くんがもう一度会うことをためらうくらい」

「そう、ですね……」

「だとしたら、それは絶対、今後の彼女の創作に影響するよ」

その言葉に――ドキリとした。

僕の言葉が、酷い発言が、彼女の音楽に影響を与えてしまう。

「彼女がここに来ないのは、それだけ梶浦くんが気持ちの深い部分に触れたからでしょ。これまで、どれだけ指導を受けても平然と部活に来ていたあの子が来なくなったんだから。だとしたら、それはきっと、吹奏楽を続けるよりも大きな傷を彼女の音楽に残すことになるよね」

「なる……ほど」

「だから私は、ちゃんと話してきてほしい。その結果、どうなってもかまわないよ。指揮が変わらないままでもいいし、最悪部活に戻ってこなくてもかまわない。でも、わだかまりを抱えたまま、関係を終わりにしてほしくない」

香原先輩の言うとおりだ。

今回楡先輩が受けた傷は、彼女の音楽にも影響を与えるのかもしれない。

悲しい経験や辛い思い出を美しい作品に仕上げる音楽家はいるけれど――今回楡先輩が、同じようにできるとは限らない。少なくとも、自分自身がその「悲しみ」の原因にはなりたくなかった。

ただ、それでも……、

「……だとしたら、やっぱり僕が行くのは、よくないですよ」

　僕は、自分が行くべきだと思えない。

「もっと長い付き合いの莉乃ちゃん先輩とかが行った方が、きっとあの人の支えになれるんじゃ――」

「――あのね！」

　憤慨した表情の莉乃ちゃん先輩が、食い気味に声を上げた。

「私だって、できればそうしたいよ！　あの子は私の親友だ！　絶対に、音楽で食べていけるようになるまで応援しようって思ってる！　でもね！」

　言って、彼女は僕の目をキッと見ると――、

「あの子――最近私より康規に懐いてるんだよ！」

「……へ!?　ぼ、僕にですか？」

「そうだよ！　だってこのところ、康規があの子と一緒に昼食べてるんでしょ？　前は私と一緒に食べてたのに！」

　確かに……それはそのとおりだ。

　前に見たときは莉乃ちゃん先輩と食事をしていた楡先輩は、今僕と一緒に昼休みを過ごしている。

「それだけじゃないよ！　会話だって康規との方が弾んでるし、一緒にいる時間だっ

て康規の方が長いし……正直そうなることを見越していろいろ康規に任せたんだけど、目論見《もくろみ》どおりになっちゃったんだよ！」

「なるほど……」

「だから、お願いだから行ってよ康規！　康規しかいないんだからさ！」

「そう……ですか」

……もう、そうするしかないのか。

あの人と会って、もう一度話をして……彼女をここに。

……本当に、それでいいんだろうか。

それが、僕のとれる最善の行動なんだろうか……。

わからない……。

どうしても、わからない……。

「——あああもう!!　いつまでうじうじしてんのよ！」

——背中をばしんと叩かれた。

驚いて、叩いた本人を——伽耶の方を見る。

彼女はすこぶる不機嫌そうに、じっとこっちをにらみつけていた。

「黙って聞いてれば、いつまでもああだこうだ言い訳して……！　あのね、あんたね

――」

そして、大きく息を吸い込むと――一気に言葉を吐き出した。

「――あれだけ楡先輩楡先輩言って、幼なじみの私を放っておいて、いまさらなにびびってんのよ！　仲直りしたいでしょ？　ほんとはこれからも仲良くしたいんでしょ!?　それくらい端で見てた私にもわかるのよ！　だったらさっさと行ってちゃんと話してきなさい！　このままあの人と話せなくなっていいの？」

「か、伽耶……」

「すぐ行ってきなさいよ！　部活終わるまであと三時間！　それまでに楡先輩探して話して戻ってきて演奏しないといけないんだから！　あーもうしゃべらなくていいから！　ほら、立って！　鞄とか今はいいでしょ！　私がなんとかする！」

伽耶に手を引かれて、椅子から立ち上がった。

窓の外に、初夏の校庭と青い浜名湖と、楡先輩と初めて出会った踊り場が見えた。

そして、

「――行きなさい、康規！」

その景色を背景に、伽耶は僕に言う。

「あの人のところまで、走りなさい！」

彼女の後押しに——少しずつ僕の中で決意が固まっていく。

楡先輩と過ごしてきた、三ヶ月。

それだけの時間をかけて——僕は彼女のことを、ほとんど知ることができなかった。

練習をしても振り回されてばかり。

お願いしても聞き入れてもらえず。

何をしたいのか、何を考えているのか、何を大切にしているのかわからなくて、ついには酷く傷つけてしまった。

じゃあ……このまま終わりでいいのか。

結局何もわからないままで、離ればなれになってしまってもいいのか。

……そんなはずがなかった。

伽耶の言うとおりだ。

僕は——本当は、あの人と仲直りしたい。

彼女は一度、僕に教えてくれたんだ。

彼女の大切な場所を。あの踊り場から見る光景の美しさを。

確かに、先輩が何を考えているのかはわからない。

傷つけてしまったわけも、彼女がこだわる理由もわからない。

それでも、彼女は——あのとき確実に、ほんの少し踏み出してくれた。

僕に近づこうとしてくれたんだ。

だとしたら、僕らはもっと歩み寄れるはずだし——今度は僕が、踏み出す番だ。

「……ありがとう、行ってくる」

言って、僕は臨時教室の出口へ向かった。

そして、

「……伽耶が幼なじみでよかったよ」

振り返り、伽耶にそう言う。

「やっぱり、一番僕のことをよくわかってるよね、本当にありがとう！」

「ええ、感謝しなさい」

うなずいて、伽耶は得意げに笑った。

「あなたは、幸せものなんだから」

「本当だね」

それだけ言って、僕は廊下を走りはじめた。

最後に視界の端に映った伽耶の目には——ほんの少しだけ、涙が浮かんでいるように見えた。

♪


――長く続く階段の先。

十一階と十二階の間の踊り場に――楡先輩はいた。

彼女が、初めて音楽をやろうと決めたこの場所。

先輩は風に髪をなびかせ、ぼんやりした表情で遠くを見ていた。

「……先……輩」

息切れしながらも、彼女を呼んだ。

「やっぱり……ここにいたんですね」

足の裏がずきずきと痛む。膝はガクガクと震えている。

ここまで数十分かけて走ってきたせいで、体力はもう限界だ。

「楡先輩……」

しかし、彼女は返事をしない。

こちらに視線を向けることもないまま、じっと遠くを見つめ続けている。

彼女の隣に立つと、僕はかまわず話を始めた。

「その……昨日は、すみませんでした。酷いこと言っちゃって、楡先輩を傷つけて……」

彼女にぶつけた言葉を思い出して、胸が痛くなる。

相手の気持ちも考えず、ただただ気持ちのままに投げつけてしまった言葉たち。

「怒りましたよね？　もう、僕のこと嫌いになりましたか……？　でも……僕はあれで終わりにしたくないんです。だから……会いに来ました。話しに来ました」

そして、僕は彼女の目を見ると、

「お願いです。教えてください。楡先輩のことを」

はっきりと、彼女にそう告げた。

「聞かせてください——先輩の気持ちを」

風が吹いて、もう一度楡先輩の髪が揺れる。

「教えたら、どうなるの？」

消え入りそうな声で、彼女はたずねた。

「どうして梶浦は、私の気持ちなんて知りたいの？」

「……本当のことを言うと」

少しだけためらってから、僕は本音を言うことにする。

「僕は全然……楡先輩のことを理解できていません。昨日、先輩がどうしてあんなに傷ついたのかも、どうして僕と仲良くしてくれてるのかも、どうしてあんな指揮を振ってるのかもわかってない。だから、今僕が何を言っても、それは誠実な言葉にならない……」

先輩は、じっと街を見下ろしている。

「でも、僕はちゃんと喜びたいんです。楡先輩が仲良くしてくれたことを。ちゃんと謝りたいんです。傷つけたことを。それに——できればちゃんと演奏したいんです。楡先輩の曲を。先輩のすばらしい才能を、形にして世界中に見せつけてやりたい。だから……楡先輩のことを知りたいって思うんです」

「そう」

薄い唇から、吐息のように漏らす楡先輩。

そして彼女は、

「……すばらしい才能」

その言葉を、ほんのちいさく繰り返した。

「ねえ、梶浦」

楡先輩が、こちらを向く。

ここに来て、初めて彼女の瞳が僕をとらえた。

「……はい」

息をのみ、彼女の言葉を待っていると――、

「駒沢くんと小野田さん、付き合いはじめて一月になるね」

「……は？」

突然飛び出た話題に……頭が追いつかない。

駒沢先輩と小野田先輩が付き合いはじめて……？　どうして、今そんなことを
……？

「……確か、それくらいですかね」

「もう抱きしめ合ったりしたかな」

「……したんじゃ、ないですかね？」

「キスはしたかな？」

「……多分、したでしょう」

「セックスはしたかな？」

……完全に、言葉を失った。

楡先輩の口から飛び出す、彼女らしからぬ生々しい言葉たち。

現実味がすうっと遠のいて、めまいすら覚えてしまう。

僕の回答を待たずに、楡先輩は質問を続ける。

「梶浦は、誰かとそういうことしたことある？」

「……ない、ですけど」

「いつか、誰かとしたいと思う？」

「……それは……はい……」

「梶浦は、スポーツは好き？」

また話題が飛んだ。

「サッカーのワールドカップを見るのは好き？　今度のオリンピックは楽しみ？」

「そう……ですね、結構楽しみです」

「ゲームは好き？　スマホゲームはやってる？」

「……友達の付き合いでちょっとですけど」

「カラオケは好き？　漫画は好き？　アニメとかドラマは好き？」

「……どれも、結構好きです」

「そう」

言うと——楡先輩は、深く息を吐き、酷く寂しげにこうつぶやいた。

「やっぱり、梶浦と、私は、違う」

「……どういうことですか？」

楡先輩は視線を眼下の街に戻した。

「……ごめん、うまく、言えない」

……確かに、彼女が言っていることはよくわからない。

さっきの質問に、どんな意図があったのかも。

どうしてそこから「梶浦と私は違う」なんて結論にたどり着いたのかも。

けれど、

「……それでもいいです」

僕はもっと、聞きたいと思った。

「ぐちゃぐちゃなままでも、整理できてなくてもいいから、先輩の気持ちを聞かせてほしいです」

揺れる瞳で、景色を眺めている楡先輩。

昨日の夜と同じように、彼女の本心に触れていることを痛いくらいに実感する。

そして、彼女は覚悟を決めるように唇を噛むと、ぽつぽつと語りはじめた。

「私には……わからない」

「何がですか？」

「どうして、皆が生きていけるのか。昔からそうだった、私は、そういうのが全然わからなくて……ずっと、中学までそうで……先生とかにも、学校の先生とかにも、もっと笑えって言われて……でも、生きる必要性とか、意味とか……」

――紡がれていく、ぐちゃぐちゃな言葉たち。

筋道の通っていないそれを、彼女の気持ちを、僕はなんとか手繰ろうとする。

「生きる必要性？　どういうことですか？」

「……今も、写真とか、たくさん見るでしょ。インターネットのSNSで、皆見せてるでしょう。当たり前みたいに、生きることを楽しめるものを。それを、私はずっと、音楽に会うまで見つけられなかった。楽しむ力がなかった」

「……ああ」

その言葉に――莉乃ちゃん先輩と話したことを思い出す。

楡は、音楽以外の何にも興味を示さなかった。

それまでは、おとなしいただの女の子だった……。

つまり、楡先輩は音楽と出会うまで……生きる必要性を、楽しみを見いだせていなかったんじゃないのか？

例えば――周囲の人は恋愛を、スポーツを、ゲームを、遊びやエンタメやイベントを楽しみながら「生きる必要性」なんてことを考えずに毎日を過ごしている。

それはもちろん、僕も同じだ。

人間関係や将来のことやら勉強のことやら、不安や嫌なことは山ほどある。

それでも楽しいこと、楽しみなことがあって、なんとか毎日を過ごすことができている。

そして――楡先輩はそれができなかった。

……想像して、寒気を覚えた。

何もかもを楽しめなかった先輩。

生きるよろこびを感じられなかった先輩。

だとしたら、ここで音楽に目覚める前の彼女が過ごしていた日々は、一体どんなものだったのだろう。

僕には、その苦痛をうっすらと想像することしかできない。

「辛くて、毎日苦しくて……八十年。これが八十年って、地獄だと思ってた」

「……八十年って、なんですか？」

「私、健康なの。家族も親戚もそう。だからきっと、寿命まで病気にもならずに生きちゃう。それが、八十年間。そんなの、酷いって思ってた」

……女性の平均寿命は、現在九十歳に届かないほどだった気がする。

子供の頃の楡先輩は……その天寿を全うするまでの時間に。

長すぎる八十年間におびえていたのか……。

「でもね」

言って——彼女は頬に、わずかな笑みをともした。

「音楽が、私を見つけてくれた」

暗かった瞳に、光が宿る。

こちらを向くと、彼女は流れるように話しはじめる。

「ここで初めて聴いたとき……これだって思った。これなら、生きていけるって思った。こんな素敵なものがあるなら、八十年間、怖くないって。でもね、楽しいだけじゃないの。私は、そこでしか生きていけないから。それをやり続けるしかないから、始めてからも、ちょっと怖かった。もしこれを失えば、また前に逆戻り。大好きだよ。音楽。でも、才能って梶浦は言うけど、私にはそういうのがあるわけじゃなくて」

そこまで言うと——彼女は罪の自白でもするように、小さくつぶやいた。

「そこでしか——生きられないの」

ようやく……理解できた気がする。

……すべての「才能ある人」が、楡先輩と同じだとは思わない。

きっと、いくつもの楽しいものの中から好きなものを選択した人もいるんだろう。

それでも——楡先輩はそうじゃない。

「そこ」にしか生きる場所がなくて、必死にそれを死守している。

だからこそ、彼女はここまで「能力」を伸ばすことができた。

——いや。

——伸ばさ、ざるを、え、なかっ、た。

「だから——私は、良いと思えるものしか作りたくない。作れない、の。それを裏切ったら、私の生きる場所はなくなっちゃう。好きじゃないものになったら、また子供の頃に戻っちゃう」

ようやく僕は——彼女にぶつけた言葉の意味を思い知る。

僕は、彼女が最後に守り続けようとしていた砦《とりで》を、壊そうとしてしまっていたんだ。

「ねえ、梶浦。だから私は、今のままでしか生きられないの」

——ずっと音楽を作り続けたい。

——たくさんの人に音楽を聴いてほしい。

楡先輩が口にしていた希望。
僕はそれを「夢」なんだと思っていた。
確かに、そう呼ぶことだってできるんだろう。
でも——僕の思う「夢」と彼女の思う「夢」は全く意味が違う。
僕にとって夢は——大人たちの買う、宝くじみたいなものだった。
持っていれば、いつか何かが起きるかもしれない。
きっと叶わないと心の中で思っているけれど、それでももしかしたら、と。
自分の生活が一変して、幸せになれるかもしれないと。
そんな風に思うための、気持ちの逃げ場。
それが凡人である僕にとっての「夢」だった。
けれど、楡先輩にとって、夢はそんな優しいものじゃない。
唯一、彼女が生きていける場所、意地でも守り切らなきゃいけない場所——それが、
「音楽を作り続ける」という夢だったんだ。
「梶浦が音楽を作ってるって聞いたときは——すごくうれしかった」
そのときのことを思い出すように、楡先輩の頬がわずかに緩んだ。
「こんなに苦しい毎日だけど、仲間を見つけたと思った。背負ってた重りが消えて、

気持ちが軽くなって、聴かせてもらった曲も、梶浦の気持ちがたくさんこもってて……。これが梶浦の生きてる場所だって、うれしかった。……だけど」

視線を落とす、楡先輩。

そして彼女は、泣き出しそうな笑顔のまま、

「私の勘違いだった。梶浦は私と同じなんかじゃなかった。皆と同じで、私にも音楽を変えろって言いはじめた。だったらもう、あの場所にいたいと思えない。吹奏楽を、やりたいって思えない。だから――私は部活に行かない」

――思わず、その場に崩れ落ちそうになった。

後悔と罪悪感が、するどい刃《やいば》になって身体中を刺す。

――仲良くなれなんて、勘違いだった。

――共感できたなんて、思い上がりだった。

僕は彼女のことを、本当に何もわかっていなかったんだ。

思えば、楡先輩は前にも言っていたじゃないか。

「自分の生み出した音楽の中で生きていきたい」って。

なのに僕はそれをスルーして、わかり合ったつもりになって……彼女を酷く傷つけてしまった。

……結局、彼女はひとりぼっちだ。

大きすぎる才能を抱え、それをうまく誰かに伝えることもできず。

空回りし続ける――一人の女の子。


――そのとき、一つのイメージが頭に浮かんだ。

――大きくて美しい歯車が、孤独に回り続けているイメージ。

何かと嚙み合えば、きっととんでもない変化が起きる。

なのに歯のサイズが、回転数がずれていて、世界と隔絶されたまま回り続ける歯車。

それはきっと――楡先輩自身だ。

生きていこうと必死に回って、どんどん大きくなっているのに、どうしても世界と嚙み合うことができていない。


ふいに――強い感情がこみ上げる。

今にも叫び出しそうになる、胸の内からわき出す衝動。

昔から、時計の修理を見るのが好きだった。

噛み合わない歯車が噛み合い、針が動き出すのを見るのが好きだった。

そして今——僕の前には、空回りする歯車がある。

とてつもなく大きくて、すさまじい勢いで空回りしている高精度の歯車。


——これじゃダメだ。

強く、そう思った。

こんなに美しい歯車が——孤独に回り続けていちゃダメだ。


「……どうすればいい？」

拳をぎゅっとにぎり、無意識のうちにそうこぼしていた。

「どうすれば……うまくいくんだ？」

彼女の音楽を変えてはいけない。

かといって、評価をされないわけにはいかない。

彼女が彼女のままで、世界と噛み合う方法。

それを見つけ出したいと——強く思う。

「……梶浦？」

様子がおかしいのに気付いたのか、楡先輩が僕の顔をのぞき込む、

「どうしたの？」

「……先輩」

顔を上げ、先輩を見た。

「僕は、絶対に、先輩の曲を全国で演奏したいです」

「……梶浦」

「それも、紛れもない先輩の指揮で。皆に合わせるとか、常識的にとか、そんなの関係なく……先輩の心の求めるとおりの指揮で。それで、世界中に先輩のすごさを思い知らせたい」

だって、とこぼしながら、僕は歯を食いしばる。

「先輩の音楽が——大好きなんです」

初めて曲を聴いたときのことを思い出す。

ＭＩＤＩ音色だというのに——圧倒されてしまったデモ音源。

めちゃくちゃなのに——「可能性」を感じた指揮。

今はまだ噛み合っていないけれど、それはいつか、たくさんの人の心を動かすものになるはずで。

誰もが評価する、すばらしい「音楽」になるはずで——、

「絶対に、方法があるんです。楡先輩が楡先輩のままで、すべてが嚙み合う方法が。どうすればいい……？　どうすればその価値が、皆に伝わるんだ……」

「……本気なの？」

うなる僕に、小さな声で彼女はたずねた。

「本気で梶浦は、その方法を探す気なの？」

「ええ、本気です」

顔を上げ、僕は言う。

「だって——もしかしたら僕は、そのために生まれてきたんじゃないかって思うんです」

——時計屋の子に生まれて。

——修理を見るのが好きで。

——吹奏楽をやっていて。

——作曲を趣味にしていて。

そんな自分がぴたりと当てはまる場所。それを今、僕は見つけたんだと思う。

だから、誰のためでもない——自分自身のために。

──僕は、楡先輩の音楽を、この世界に「噛み合わせ」たいと思う。

楡先輩が──まぶしげに目を細める。

風が吹いて、彼女のスカートが揺れる。

そして、じっと僕を見つめてから、

「……ねえ、梶浦」

ためらいがちに僕の名を呼んだ。

「……なんですか？」

「見つけたかもしれない」

「……何を？」

「やりかた。私の音楽を──皆に認めてもらう方法」

「……へ？」

……一瞬、彼女の言う意味が理解できない。

「どういう……ことですか？」

音楽を、皆に認めてもらう方法……？

それを、今……見つけたかもしれない？

……どうして？

なんでそんな、急に楡先輩はそんなことを……。

「説明はあとでする。今は、試してみたい」

言葉を失う僕の前で、彼女はとんとんと二段ほど階段を下りた。

そして、こちらを振り返り――、

「――行こう、部活」


♪


「遅くなって、ごめんなさい」

指揮台の上で、楡先輩がぺこりと頭を下げた。

「でも、やっぱりどうしても指揮を振りたくて、戻ってきました。一度だけ、チャンスをください」

周囲を見渡す。

もはや泣き出しそうな莉乃ちゃん先輩と、やれやれといった表情の伽耶。

金山先輩と香原先輩はいつもどおりの表情で、錦戸先輩と山名先輩は、どこか釈然としない様子で楡先輩に視線をやっている。

ふと、手元のトランペットを見ると——不安そうな自分が映っていた。
——一体、どうなるんだろう。
——楡先輩、どうするつもりなんだろう。
急に「やりかたを見つけた」なんて言われても、どういうことだか全くわからない。
まさか、突然指揮が安定するとも思えないし……何を考えているんだろう。
「じゃあ、いきます」
楡先輩が、指揮棒を掲げた。
部員たちが、楽器を構える。
まず演奏するのは「花の序曲」からだ。
振り上げられた楡先輩の指揮棒が——まっすぐ下に振り下ろされた。
——音があふれ出す。
ひらひらと風に舞うメロディに、トリッキーな変拍子。
——速い。
——やっぱり速い。
いつもよりは落ち着いている気はするけれど、どうしても譜面どおりとは行かない。
必死で指を唇を回し、指揮に食らい付く。

曲と音が、すごい勢いで流れていく。
始めのうちは皆で全力で食いつき、なんとか最低限の体裁を保っていた。
けれど……すぐにぼろが出始める。
木管のリズムが乱れた。
金管の音程が不安定に揺れた。
パーカッションが躓《つまず》いて、演奏全体に動揺が走る。
息継ぎできなくて酸欠になりかけながら……僕は落胆を覚えていた。
……ダメか。
結局楡先輩の指揮は、変わらないままなのか……。
予感はしていたことだけど……本当に残念だった。
指揮棒を振り続ける彼女に視線をやる。
苦しさでかすむ視界の向こうで――じっとこちらを見ている先輩。
……もしかしたら、と思う。
もしかしたら、これが楡先輩の指揮を見る最後になるかもしれない……。
せっかく彼女の気持ちを知ることができたのに。
ようやくほんの少しだけわかり合うことができたのに、こんなところで終わってしまうなんて……。

……だったら、せめてこの光景を僕はちゃんと目に焼き付けておこう。

少なくとも、僕だけは今日のことを、ずっと覚えていようと思う。

なんとか息を吸い込むと、僕はもう一度まっすぐ楡先輩を見た。

けれど――そのときだった。

……えっ。

ふいに――テンポが落ち着きはじめた。

同時に、軽やかに跳ねはじめる音たち。

曲自体の持つ華やかな雰囲気が、じわじわと演奏に滲み出す。

気が付けば、はちゃめちゃだった先輩の指揮は――楽しげで華やかな、楽曲の魅力を十分に引き出すものになっていた。

……どうした？

何が起きている？

演奏しながらもわけがわからない。

その後も、展開が変わるごとに曲調はふらふらと不安定になった。

「さっきのは偶然だったか」と何度も落胆しかけるけれど……そのたびに指揮が安定感を取り戻し、楽曲本来の魅力が帰ってくる。

そして、その精度は——曲が進むごとに正確になっていった。

ブレ幅が小さくなり、修正後のクオリティが上がり——。

一曲通し終わる頃には、譜面どおりのアレンジはしっかり抑えつつ、感情表現も豊かな演奏ができるようになりはじめていた。

トランペットを口から離し——楡先輩を見る。

……何があったんだ？

どうして、こんな指揮が急にできるようになったんだ……？

今の彼女の指揮は「理想型」に近づきはじめていた。

楽譜どおりに演奏するだけじゃない。

感情にまかせるわけでもない。

その両方の良さを取り入れたアレンジ。

——楡先輩にしかできない、指揮。

「じゃあ次、自由曲いきます」

先輩に促され——彼女のオリジナル曲の演奏を始める。
強烈なファンファーレから始まり、続く明るいAパートに入る。
しかし……イントロからの落差が大きすぎる！
Aパートは軽快な演奏が似合うはずなのに、テンポと音量が落ちすぎている。
なんとか持ち直せないかと機会をうかがっていると——まただ。
また楡先輩と目が合い——演奏が安定した。
……この曲が生の楽器で、まともな指揮で演奏されることは初めてだった。
緻密なアレンジに、流星のようなメロディ。
瞬く星や天の川を思わせるような、きらびやかな伴奏。
まだまだ練習不足の感はあるけれど、初めて生で感じるその魅力に。
楽曲自体の持つポテンシャルに——演奏しながらも心を揺さぶられてしまう。
——そして、ようやく気付いた。
時折僕を見る楡先輩の目が——これまでとは少し違うことに。
これまでも、彼女はそのつぶらな瞳で何度も僕を射貫いてきた。
感情の見えない、不思議な視線を僕にぶつけてきた。
でも——今は違う。

彼女ははっきりとした意志を持って、僕の目を見つめている。

それは、緩やかに僕の心に忍び込んでくるような、僕の気持ちを推し量るような、慎重で優しい視線だった。

曲が終わる。

「ありがとうございました」

と楡先輩が頭を下げる。

僕は――。

僕らは――声も出せないまま、呆然と椅子に腰掛けていた。

はっきりと感じた、ある手応え。


――行ける。

――行けるんじゃないか？

――こんな指揮が振れるなら、全国を目指せるんじゃないか？

もちろん、まだまだ練習は必要だ。

粗だらけだし時折不安定になるし、今のままで県大会を突破できるとは思えない。

けれど——僕は強く実感していた。

この指揮の向こうに「何か」がある手応えを。

楡先輩の指揮と、世界が噛み合いそうな、そんな感触を。

「……さて」

言って、金山先輩が椅子から立ち上がる。

「皆の意見を聞こうか」

そこで我に返ったのか、部員たちがお互いの顔を見合わせる。

「今の演奏を聴いて、それでも指揮を変えようと思った人は、他の人がやった方が良いって思った人は手を挙げてください。一人でもいたら、もうちょっと考えよう。どうかな？」

金山先輩が、皆に促す。

けれど——、

「……」「……」「……」

誰も手を挙げない。

「じゃあ、楡の指揮でいこうって思った人、手を挙げて」

その言葉と同時に——莉乃ちゃん先輩が勢いよく手を挙げた。

少し遅れて、徐々に部員たちの手が挙がりはじめる。

そして——十数秒後。

気付けば、すべての部員がその手を高く挙げていた。

山名先輩と錦戸先輩さえ、「参ったな」とでも言いたげな表情で右手を上に伸ばしている。

「……決まりのようだね」

金山先輩が、満足そうにほほえんだ。

「では、伊佐美高校吹奏楽部は、これからも藤野楡さんを指揮者として活動を続けます」

その言葉に、楡先輩は深く深く頭を下げた。


♪


「——一体、どうやったんですか？」

合奏の終わったあと、日の暮れたいつもの踊り場で、僕は楡先輩にたずねた。

「あんないきなり、指揮が変わるなんて……。それも、あそこまで感情豊かに……」

完全に、予想外だった。

もしも楡先輩が指揮のスタイルを変えるなら、感情を可能な限り殺した無機質なものになると思っていた。

そしてそれはきっと、彼女本来の音楽じゃないんだろうと。

だから、ちょっとだけ焦ってもいたのだ。

そんな指揮を振られてしまったら、自分はもうどうすればいいかわからない。

なのに、彼女は予想を大きく超える指揮を振ってくれたわけだ。

そんなことができた理由が、全くわからない。

「あのね」

階段の一番上。

僕の隣に座った楡先輩は、こぼすように言う。

「伝えたいって、思ったの」

「……伝えたい？」

彼女らしからぬ言葉に、オウム返ししてしまう。

「これまではね、感情の表現が、音楽の目的だったの」

ぽつぽつと、楡先輩が話しはじめる。

その横顔が、月明かりに淡く照らされている。

「気持ちを表して、音にして、世界中に聴いてもらう。それが、私のやりたいことだったの。だから、人に合わせて曲を変えることなんてできなかったし、他の人が作った曲も、全部自分の曲みたいにアレンジを変えてた。でもね、今日踊り場で梶浦と話していて思ったの」

先輩が、うつむいていた顔を上げる。

その目が――僕を射貫く。

「梶浦には――私の気持ちを、伝えたいって」

心臓が、飛び出しそうに跳ねた。

頬が熱くなって、言葉が出なくなる。

「そう、なんですか……」

「これまで生きてきて、いろんなことを思った。いいことも、わるいこともたくさん考えた。それを全部、梶浦に知ってもらいたいって思った。知ってもらって……受け止めてもらいたいと思った。私の曲を、良いって言ってもらいたいと思った」

「つまり、それって……」

「うん」

楡先輩が、こくりとうなずいた。

「さっきの二曲は——梶浦のために指揮を振ったの。梶浦が、一番好きになってくれる演奏をしようと思ったの」

指揮台の上から、僕を見ていた目を思い出す。

そうか……あの視線は。

本当に僕の心を探ろうと、僕がどう思っているかを探ろうとしていたんだ。

「どうだった？」

楡先輩が、僕の顔をのぞき込む。

「よかった？　伝わった？」

「……伝わりましたよ」

思わず、笑い出しながらそう答えた。

「うん、楡先輩がやりたいことは、よく伝わりました。初めて、合奏していて『良い曲だ』と思いました」

初めて、その気持ちを純粋にうれしいと思った。

楡先輩の言葉を、誇らしいと思った。

出会って三ヶ月。

大分時間がかかってしまったけれど……僕らは今、初めて気持ちを通い合わせることができたのかもしれない。

「でも……」

「……でも？」

「……まだまだですよね」

言って、俺はその場に立ち上がる。

「もっともっと、僕らはできるはずです。楡先輩の気持ちを、正しく音にできるはずです。楡先輩だって、今よりいい指揮を振れるようになるはずです。今日の合奏で、初めてで、あれだけできたんですから」

楡先輩は、じっと僕を見上げている。

「だから――練習しましょう。もっとうまくなりましょう」

「……うん」

楡先輩も立ち上がった。

「もっと、私の気持ちを、梶浦に届けたい」

「ええ、そうしてください。それができれば、きっと全国出場なんて楽勝ですよ」

「そうだね」

——と、彼女はふいに右手をこちらに伸ばした。

何事かと思っていると、彼女は僕の左耳に触れ——何かをそこにはめる。

「……これは、イヤフォン？」

耳から伸びる白いコード。

間違いない。これは音楽プレイヤーのイヤフォンだ。

楡先輩は自分の耳にもう片方のイヤフォンを入れると、僕の手をぎゅっと握り、

「……踊ろう？」

「へ？」

「一緒に踊ろう」

それだけ言うと、楡先輩はブレザーのポケットに手を入れプレイヤーを再生した。

流れ出す、彼女のオリジナル曲。

そして先輩は、その音に合わせて——ステップを踏みはじめる。

「え、ちょ、ど……どうしたんですか？」

「踊りたいの」

楡先輩は、短くそう答えた。

「梶浦も、踊って」

……相変わらず、めちゃくちゃな振りをしてくるな！

いきなりそんなこと言われてもどうしようもないよ！

……でも、

「……よし！」

なんとか合わせようと、僕も必死で足を動かしはじめた。

これまでだって、ひたすら彼女の無茶ぶりに合わせてきたんだ！

オリジナルの踊りくらい、なんとかついて行ってやる！

クルクル回ったり、ポーズを決めたりする先輩。

僕もまねして、彼女に続く。

最初は何度も躓いて、先輩の足を踏みそうにもなったけれど……そうしているうちに少しずつ慣れてきた。

辺りに目をやる余裕ができはじめる。

灯りのともる夜の街に、浜名湖に映った半月。

満天の星空には時折星が流れ、僕らが回るのに合わせて無数の同心円を描く。

その光景に——僕は既視感に襲われた。

そうだ……この景色は。

楡先輩の曲の中で、感じたことがあるんだ。

曲のクライマックス。

聴く度に脳裏に浮かぶ光景は――踊り場から見た、回る星空だったんだ。

「ねえ梶浦！」

クルクル回りながら、楡先輩が僕の名を呼んだ。

「どうしました⁉」

「思い付いたの！」

「へ⁉」

「曲のタイトルを、思い付いたの！」

「どんなタイトルですか？」

たずねると、楡先輩は耳元に口を寄せ。

――僕にだけ聞こえる声で、そのタイトルを教えてくれた。

「……良いタイトルじゃないですか！」

「ほんと？」

「ええ、すごく良いと思います！　あー、皆に演奏を聴かせるのが楽しみだ！」

「そうだね！　楽しみだね！」

笑い合いながら——僕らはクルクルと回り続けた。
まるで、星のように。
噛み合った歯車みたいに——。

The revolving star &
A watch maker

The final movement

最終楽章

踊り場の協奏曲

「――さあ、ついにこのときが来たね」

言って、金山先輩は僕らにいつもの笑みを向ける。

「一度きりの本番だ、泣いても笑っても、今日で一つの結果が出てしまうわけだ」

七月二十一日。

県大会会場である、アクトシティ中ホールの控え室。

僕ら伊佐美高校吹奏楽部員は、全員で肩を組み一つの大きな円を作っていた。

創部時から受け継がれている伝統、「本番前の円陣」というやつらしい。

ホールの外、どこか遠くで蟬《せみ》がジクジクと鳴いている。

窓から差し込む初夏の日差しは、金管楽器に反射して辺りに不思議な模様を描いていた。

「ここまでずいぶんといろんなことがあったけど、うん、演奏はかなり良いところまで仕上げられたと思う。俺が想定していた『一番練習がうまくいったとき』よりも、ちょっとうまいくらいかな。皆よく頑張ってくれました」

「おおー！」

部員たちから、驚きの声が上がった。

――あの日から。

楡先輩が指揮を振ると決まったあの日から、僕らは一丸となって練習を重ねてきた。授業前の朝練に、部活終了後の自主練習。

休みの日に集まって練習をしたパートもあったらしい。

あんなに揉《も》めたのが嘘のように、僕らは協力し合い演奏に磨きをかけてきた。

そもそも、楡先輩が指揮を振るのに反対していたメンバーだって「いい演奏」をしたいのは同じなのだ。

むしろ、どこまでもストイックだったからこそ不満を持ったんだとも思う。

結果——あの一件を乗り越えた僕らは一致団結、楡先輩の音楽のポテンシャルを引き出すために、できる限りの努力を続けてきた。

「でも、油断は禁物だよ」

金山先輩はそう釘を刺す。

「『しおさいコンサート』で思い知ったとおり、他校の演奏もハイレベルだ。あの日から一層練習を重ねてるだろうからね。全力でぶつかって、金賞を取ろう！」

「はい！」

元気の良い返事が、部員たちから上がった。

「じゃあ、いつものやついくよ！」

その言葉に――全員が腰をかがめる。

僕も、両隣の楡先輩、莉乃ちゃん先輩とアイコンタクトを取ると、グッと身を低くした。

そして――、

「――伊佐美高校吹奏楽部！　――いくぜ！」

「――おうッ！」

――金山先輩の合図に、お腹の底からのかけ声で返した。


♪


本番直前。

舞台袖は、深夜のリビングみたいに薄暗い。

ステージから漏れてくる光を頼りに、僕は「彼女」のところへ向かう。

「……楡先輩」

呼びかけると、彼女は首をかしげるようにしてこちらを見た。

「ついに本番ですね」

「うん」

「頑張りましょうね……これまでの全部が出し切れるように。僕らの練習の成果を、見せつけられるように」

「うん、頑張ろう」

暗がりの中、こくりとうなずく先輩。

その光景に――初めて出会った夜のことを思い出した。

あの夜そのままに、楡先輩は今日もどこか儚げなオーラを放っている。

けれど、その瞳には、白い頬には、あの日見えなかった彼女の高揚が、緊張が滲んでいるように見えた。

「ねえ梶浦」

こちらをじっと見て、楡先輩が言う。

「ちゃんと、私を見ていてね。私も、あなたを見ているから」

「……もちろんです」

僕も彼女をまっすぐ見返すと、深くうなずいて見せた。

「先輩の気持ち――ちゃんと受け取りますから」

同時に――ステージ上で繰り広げられていた演奏が終わる。

客席から、盛大な拍手が上がる。
さて——出番だ。
進行役のスタッフさんの誘導を受け、僕らはステージに向かって歩き出した。

♪

「続きまして、県立伊佐美高校の演奏です。課題曲は『花の序曲』。自由曲は——
『踊り場の協奏曲』です」
会場内に、学校紹介のアナウンスが流れる。

——踊り場の協奏曲。

それが、彼女がオリジナル曲につけたタイトルだった。
踊り場の姫である楡先輩が、部員の皆と作り上げる「協奏曲《コンチェルト》」。
あの日見た夜空を詰め込んだ、僕たちだけの音楽。
きっとこの曲が——彼女と世界をつなぐ架け橋になってくれるはず。

演奏の準備が終わり、楡先輩が客席に一礼する。
さざ波みたいな拍手が会場にわき起こる。
見れば、客席には北西高校や伊場高校、鴨江高校の生徒たちの姿が見えた。
さほど注目もしていないのか、リラックスした様子でステージに視線をやる彼ら。
――見ていろよ、と僕は思う。
これから演奏するのは藤野楡と僕らの音楽だ。
今に、客席全員の気持ちを揺らし尽くしてやる――。
楡先輩が指揮棒を掲げ、僕らを見渡した。
――ホール全体に、緊張感が張り詰める。
けれど――僕はもうひるまない。
ここには頼りになる仲間たちが、そして楡先輩がいる。
恐れるものなんて一つもないんだ。
大きく息を吸い込むと――楡先輩が、指揮棒を振り下ろした。

――音が弾ける。

一曲目、課題曲である「花の序曲」。

楡先輩は右手で細かく変拍子を刻み、左手で華やかなアレンジを加えていく。

その手から紡ぎ出される表現は花畑を舞う蝶《ちょう》のように軽やかで、咲き誇る花のように色鮮やかだ。

複雑な印象になりがちなこの曲を――楡先輩は聴きやすく、かわいらしい演奏でまとめている。

――客席の目の色が変わった。

だらけていた生徒も、隣とこそこそ話していた生徒も、今は息をのみステージに釘付けになっている。

――思わず、吹きながら笑みが浮かんでしまった。

この演奏にいたるまでの練習は、本当に大変だった。

アレンジに関して言い合いになった朝練のことや、莉乃ちゃん先輩に厳しく指導された自主練習の時間のことを思い出す。

そんな毎日が今、一つの曲になって、客席に届いている。

――ふと、楡先輩と目が合った。

僕が笑っているのに気が付いたのか、頬を緩める彼女。
その瞬間――曲がさらに軽やかに色づく。
彼女の気持ちが、演奏をより魅力的に引き立てていく――。
おどけた中間部を挟み、曲は最終局面に差し掛かった。
速いテンポで主題を繰り返し積み重ね、管楽器隊の音量が最高潮に達したところで
――「花の序曲」が終わった。
会場全体に響く余韻と――一瞬遅れて湧き起こる、熱っぽい拍手。
その音量に――確かな手応えを感じた。
ミスタッチは何度かあった。
リズムがぶれてしまったところも何度かあった。
けれど――音楽は客席に届いている。
だからきっと、僕らの行く末は次の曲で。
――「踊り場の協奏曲」で決まる。
客席の拍手が収まった。
楡先輩が譜面をめくり――僕らを見る。

ふいに彼女は――静かにその場で目をつぶった。
これまでのことを反芻《はんすう》するかのように。
これからのことに思いを馳せるように、じっと目を閉じている彼女。
その姿に――僕も彼女と出会ってからの日々を脳裏に映し出していった。
初めて出会った夜に、衝撃的だった再会の日。
お世話に追い立てられた日々と、雨の日の言い合い。
そして――お互いの気持ちを伝え合った、夕暮れの踊り場。
僕らはそんな毎日を越えて、ようやくここにたどり着いたんだ。
静かに目を開けると、彼女は指揮棒を掲げた。
あの日々の一つの結末が、今からここで始まる。
トランペットを口元に当て、僕は楡先輩の目をじっと見た。

――永遠にも思える静けさ。
その中で、楡先輩は力強く指揮棒を振りかぶり――まっすぐ真下に振り下ろした。
鳴り響く、華やかなファンファーレ。

客席の人々が目を見開き、身を乗り出す。

これが、楡先輩の音楽の――彼女の世界への入り口だ。

莉乃ちゃん先輩のハイトーンが、すべてを飛び越えて客席に届く。

金山先輩のチューバが、香原先輩のトロンボーンが、錦戸先輩のサックスがその足下をしっかり支える。

そして、そんな音の中――堂々と指揮棒を振る楡先輩。

彼女の力強さに触発されて、しっかりした足取りでAパートは進行していく。

トリッキーなリズム体と、こきみ好《よ》く跳ねる木管。

そのレベルの高さに、僕が息をのんだパートだ。

客席の生徒たちも、僕らの演奏に釘付けになっている。

ただ……ここまでは、あくまで掴みでしかない。

十分に曲のポテンシャルを見せつけ、聴き手の意識を集めるのがAパートの目的だ。

その証拠に――楡先輩はまだ、その感情を小出しにし続けている。

存分に聴き手を集中させてから、ゆっくりと指揮のテンポを落としていく先輩。

その手つきは柔らかくて、繊細なガラス細工を撫《な》でているようで、木管の旋律も知らず知らずたおやかなものになっていく。

ここからは、中間部にあたるBパートだ。
美しく切ないメロディで、観客に「感動の種」をまいていくパート。
そこにきて――ふいに、先輩の表情が、少しだけゆがんでいることに気付いた。
あまり感情を表に出さない彼女の――わずかな「悲しみ」の表現。
なぜだか僕の胸にも、小さな痛みが走る。
――そのときだった。
自分の音が――いつもと違うことに気付いた。
これまで一度も出したことのない、感情のこもった音。
耳を疑うけれど……間違いない。
僕は今――気持ちを音に込めることができている。
こんなことは、初めてだった。
意識して感情を音に込めようとしたことは何度もある。
それでも、自然と気持ちが音に反映されるなんて……。
莉乃ちゃん先輩の言っていた「表現」というのは、こういうことなのかもしれない
……。
自分の変化に驚いているうちに、Bパートが終わりに差し掛かる。

残すは最終パートである、Ｃパートだけだ。
徐々にテンポが上がっていく。
抑えていた音量が、こらえ切れない様子で上がっていく。
ああ、もう曲が終わってしまう……。
演奏しながら、そんなことを思った。
僕らの、初めての大会が、もう少しで終わってしまう。
——寂しいな。
——いつまでも演奏していたいのに。
生まれて初めてそんなことを思った自分に、少しだけ驚いてしまった。
でも、間違いない。
僕は、この瞬間が楽しくて仕方がない。
僕は「今」を永遠に味わっていたいんだ——。
と——そこで、異変が起きているのに気付いた。
——楡先輩が。
——楡先輩の様子がおかしい。
いつもよりも、クレッシェンドを始めるのが早い。

とんでもない勢いで音量が増していき——曲のボルテージも高まっていく。

見れば、彼女の顔には——恍惚《こうこつ》の笑みが浮かんでいた。

——どうしようもなく、理解した。

あの人——練習の演奏を越えるつもりだ。

ここからフィナーレにかけて、演奏はもっとも派手なパートに突入する。

これまで合奏でも、僕らは出しうる最大音量と最大の表現で、Cパートを演奏してきた。

楡先輩は——その限界を、この本番で超えるつもりだ。

——皆の演奏が、彼女に合わせて際限なく高まっていく。

高まるテンションは、もはや怖いくらいだ。

遅れをとるまいと僕も音量を上げるけれど——でも、これが限界だ！

これ以上なんて、音が割れて、粗い演奏になってしまう……！


——そのとき、楡先輩と目が合った。

——まるで、僕を待っているかのように。

「その先」に誘うように、わずかにほほえむ彼女。

……その表情に、覚悟が決まった。
きっと――彼女の音楽に届くには。
彼女と「協奏曲を」奏でるには、「これまでの枠」に収まっているわけにはいかない。
その殻を破って初めて、僕は彼女の音楽の一部になれるんだ。

短い休符の間に、僕は大きく息を吸い込んだ。
そして、曲が絶頂に達するその瞬間――。
覚悟を決めると、感情のすべてを――。
――楽器に吹き込んだ。

――音が、空間全体を包み込んだ。

――ベルから放たれる、信じられないほど華やかな音。
――木管が軽やかに会場を駆け巡り、パーカッションが聴く者の心をダイレクトに揺さぶっていく。
楡先輩が満面の笑みを浮かべ――僕は、初めての感覚に打ち震えていた。
これだ――。
この音を、僕は出したかったんだ――。
感情のすべてが――今音になって空間にあふれている。
これが――僕の求めていた表現。
そのときだった――。
楡先輩の足が――ふわりと宙に浮いた。
――軽やかに舞いはじめる細い両手。
指揮棒が、絵画を描くように自由に舞いはじめる。
――踊っている。
指揮台の上で、楡先輩が踊り出した。
客席の学生たちが、驚きに目を見開く。
保護者と引率の教師が、ぽかんと口を開ける。
その光景に、僕は――夜の踊り場を幻視する。

瞬く星と、浜名湖に浮かぶ白い月。
メロディに合わせて星が回り、伴奏が流れ星になって夜空をかけていく。
その中心で――クルクルと回り続ける楡先輩。
この世界の主である――踊り場姫。

回れ――と僕は思う。
回れ、踊り場姫。
世界は今、あなたと嚙み合っている。
あなたの音楽が、この空間すべてを揺らしている。

だから――。

ひとりぼっちで見上げた踊り場の空は。
クルクル回って見えたあの星たちは。

――きっと、世界につながっている。

♪

——曲が終わった。

会場にわき起こる、割れんばかりの拍手と歓声。

客席の生徒たちは、その場に立ち上がり熱っぽい視線を僕らに向けている。

そして、その音の洪水の中で——楡先輩は上気した顔でほほえむと、客席に深々と頭を下げた。

The revolving star &
A watch maker

Grand finale

フィナーレ

「──なお、金賞と銀賞は聞き取りにくいので、金賞の前には『ゴールド』とつけさせていただきます」

すべての学校の演奏が終わり。

始まった閉会式も、ついに結果発表を残すだけとなっていた。

ここからは、出場校一つ一つの代表者が壇上に呼ばれ、審査によって金賞、銀賞、銅賞のどれかが授与されることになる。

ちなみに、今年からダメ金制度はなくなったらしい。

つまり……金賞を取った学校イコール東海大会出場になるわけで。

ここで発表される結果が、そのまま進退に直結することになる。

「──県立、志戸呂《しとろ》高校──銀賞です」

そうこうしているうちに、ついに発表が始まった。

「……うわー、緊張してきた！」

思わず、客席で声を上げてしまう。

伊佐美高校の出番は中程だったから、結果発表も中盤に行われる予定だ。

それまでのこの待ち時間は、僕らは完全に生殺し。

もう、生きた心地がしない……。

「まあ、どーんとかまえてようよ！」

隣の莉乃ちゃん先輩が、満面の笑みでそう言う。

「いまさら結果は変わらないよ！　人事を尽くしたんだから天命を待とうじゃないか！」

「いや、そう言いつつも莉乃ちゃん先輩、めっちゃ貧乏ゆすりしてるじゃないですか……」

緊張してるのバレバレだよ！

でかい口叩くんだったらいろいろもっと徹底してくださいよ！

「……楡先輩は、大丈夫ですか？」

言って、莉乃ちゃん先輩の反対に座る楡先輩に視線をやる。

彼女は相変わらず気持ちの読めない顔で、じっと舞台上を見ていた。

「大丈夫」

独り言みたいに、ぽつりと言う彼女。

「全力は出せたから、どうなっても後悔はない」

「……そうですか」

彼女らしいなと思う。

こんなところでも普段のペースを崩さないのは、さすがといったところだ。

……まあ、冷静でいられない小心者としては、置いて行かれたような気分になって
ちょっとだけ寂しいのだけど。

と――、

「……えっ？」

「……」

「……楡先輩？」

――手の平に感じる、温かい感触。

しっとりとして、すべすべの肌触り。

楡先輩が――僕の手を握っている。

「あ、あの……楡先輩？」

「……」

「どうしたんですか……？」

しかし、彼女はそれに答えずに。

じっと前を見据えたままで、

「こうしてて」

「……わかりました」

そうこうしている間にも結果発表は進んでいく。

金賞を告げられた高校からは歓声が上がり、そうでない高校は沈黙を続ける。

その残酷な落差が、発表を待っている僕らにも突き刺さる。

――そして。

ついに、そのときがやってきた。

「――県立、伊佐美高校」

「はい」

校名を呼ばれ、ステージ上で控えていた代表者、金山先輩が表彰台の前に立つ。

楡先輩の手に、ぎゅっと力がこもった。

そして、窒息してしまいそうな間を置いて。

結果が――僕たちに告げられた。

「――ゴールド、金賞です！」

♪


「——あー、明日からまた、練習の日々ですね」

「そうだね」

コンクールから帰ってきた、夜の踊り場。

月明かりの差す階段に腰掛け、僕は楡先輩と話していた。

遠く聞こえる、浜名湖のさざ波の音。

吹く風は潮の香りがして、本格的な夏の到来を告げていた。

「これまでより大変になるんだろうなー……。金山先輩も香原先輩も、めずらしく本気でよろこんじゃってたし……。ここまできたら、絶対全国行ってやるって皆意気込みまくりでしたし……」

「でも、梶浦は、それも嫌じゃないでしょ？」

「……もちろん、そうなんですけどね」

言って、僕らは笑いあった。

通り過ぎる夜風が、ほてった体に心地良い。

「……これからも、よろしくね」

楡先輩が、突然そんなことを言い出す。

「これからも、私を導いてね」

「……それはこっちのセリフですよ」

思わず、笑い出してしまった。

「ここまで僕を導いてくれたのは先輩ですよ。これからも、僕を遠くまで引っ張っていってください」

始めはどうなることかと思った。

なんで僕がお世話係を……なんて、恨んでもいた。

けれど——この人は。

これまでたどり着けなかった場所に僕を連れて行ってくれたんだ。

きっとこれからも、楡先輩は僕をとんでもないところに引っ張り回してくれるんだろう。

それが今は……とても楽しみだった。

「……そうだ」

ふと、思い立った。

今夜くらいは、僕から誘ってみよう。

階段から立ち上がり、楡先輩の方を向く。

そして、僕は身をかがめると、彼女に右手を伸ばした。

「お手をどうぞ」

「……？」

「踊りましょう」

「……うん。踊ろう」

うなずくと、彼女は笑みを浮かべて僕の手を握り返した。

ようやく噛み合った僕らの頭上では――無数の星がきらめきながらクルクルと回り続けていた。

あとがき

というわけで「踊《おど》り場《ば》姫《ひめ》コンチェルト」でした。

こんにちは。パーカッション担当だったのに、未だにどっちがコンガでどっちがボンゴか迷うことのある岬 鷺宮《みさきさぎのみや》です（吹奏楽あるある）。

あれ見た目と名前の印象が逆なんだよ！

人生最大の転機は何だったか、と問われたら、僕は間違いなく「中学で吹奏楽部に入ったこと」と答えます。それほどに、音楽との出会いは僕にとって重要な出来事でした。

吹奏楽を始める以前、僕はノートにちょっとお話らしきものを書いたことがある程度の、創作や文化系の活動とは程遠い存在でした。特に将来の夢もなくやりたいこともなく、ただただダラダラと毎日を過ごす典型的な冴《さ》えない男子というか。まあ冴えないのは今も変わらないんですけど。

そんな僕がなぜ突然吹奏楽部に入ったのか。今でもまだ、その理由をうまく説明することができません。

ただなんとなく、自分はこれをやったほうがいい。絶対楽しい、と思ったことを覚えています。

そして、その予感は見事に的中。

僕は音楽にどハマりし、文字通り毎日朝から晩まで練習しまくりました。

それこそ、疲れのあまり帰宅後制服姿のまま就寝。翌日起きてそのまま登校、なんてこともありました。

今思えば本当に無茶してたな……。

両親も心配しただろうなと思います。

けれど当時はそれが本当に楽しかったし、振り返ってみてもとてもいい思い出です。

その努力が実ってか高校の頃にはとあるコンクールで全国大会に出場、定期演奏会では、立ち見が出るほどの大盛況を収めることができました。

その時「本気で努力すると、意外と無理っぽい目標も叶うんだな」と感じたことが、後に作家を志す一つの大きな原因になったように思います。

きっと、あのとき吹奏楽部に入っていなければ、こうして皆さんにあとがきでメッセージを書くこともなかったんじゃないでしょうか。

さて、そんな自分にとって非常に大切な存在「吹奏楽」を描いた本作ですが、皆さまお楽しみいただけましたでしょうか。

架空の高校、伊佐美高校の吹奏楽部の部員達を描いた本作ですが、舞台となっている浜松市の地名や施設、開催されるコンサートなどは、出来るだけ現実にあるものを登場させています（一部、実在しないものも混ざっていますが……）。

また、作中で起きた出来事のいくつかにも、自分が高校時代に実際に経験した出来事をモデルにしたものがあります。

吹奏楽経験者の方には「あー、あるよねそういうこと！」と、経験のない方には「へーこういう感じなんだ！」とリアルに感じていただけたら幸いです。

ただ、どうなんでしょうね、結構吹奏楽部って、地域差があるように思うのです。

例えば、吹奏楽の略称である「吹部」。これ、全国的にはメジャーなようですけれど、僕のいた学校ではあまり使うことのないフレーズでした。

それから、コンクールの結果発表の時に、金賞の前に「ゴールド」とつける風習。僕が高校生当時の静岡県では漏れなくやっていたと思うのですが、なんだかあれ、うちの地域だけだったんじゃないかという気がしています。

この作品に地域差を感じた方がいらしたら、是非ツイッターなりでお教えいただければと思います。なんか面白いんですよね、同じ部活なのに、場所によって文化が違うの……。

ここらで謝辞を！

いつも親身に手伝ってくれる担当K氏、ありがとうございます！　これからも、どうか体に気を付けてください本当に！

イラストを描いてくださったｍｏｃｈａさん、ありがとうございます！　初めて完成版の表紙を拝見したとき「そうだ……高校時代、部活中に見上げた空はいつもこんな色だった」と思い出して感動しました。

そして、作品に関してアドバイスをくれた、高校時代からの友人K、S、W、D、Y、本当にありがとう！　また近いうちに飲みに行こうぜ。

最後に、本作を読んでくださった皆様。本当に本当にありがとうございます！　少しでも、伊佐美高校吹奏楽部の面々があなたの心を動かすことができたなら、それに勝る喜びはありません。

それでは、また次回作でお会い出来ることを楽しみにしております。

岬鷺宮

岬 鷺宮 著作リスト

失恋探偵の調査ノート ～放課後の探偵と迷える見習い助手～（メディアワークス文庫）
放送中です！ にしおぎ街角ラジオ（同）
踊り場姫コンチェルト（同）
失恋探偵ももせ（電撃文庫）
失恋探偵ももせ2（同）
失恋探偵ももせ3（同）
大正空想魔術夜話 墜落乙女ジエノサイド（同）
魔導書作家になろう！〉ではダンジョンへ取材に行きますか？（はい／いいえ）（同）
魔導書作家になろう！2〉ならば魔王の誘いに乗っちゃいますか？（はい／いいえ）（同）
魔導書作家になろう！3〉それでもみんなで世界を救いますか？（はい／いいえ）（同）

本書は書き下ろしです。

メディアワークス文庫

踊《おど》り場《ば》姫《ひめ》コンチェルト

岬《みさき》 鷺宮《さぎのみや》

発行　2016年7月23日　初版発行

発行者　塚田正晃
発行所　株式会社KADOKAWA
〒102-8177　東京都千代田区富士見2-13-3
プロデュース　アスキー・メディアワークス
〒102-8584　東京都千代田区富士見1-8-19
電話03-5216-8399（編集）
電話03-3238-1854（営業）
装丁者　渡辺宏一（有限会社ニイナナニイゴオ）
印刷・製本　旭印刷株式会社

Printed in Japan
ISBN978-4-04-892278-4 C0193
メディアワークス文庫　http://mwbunko.com/
株式会社KADOKAWA　http://www.kadokawa.co.jp/

本書に対するご意見、ご感想をお寄せください。

あて先
〒102-8584　東京都千代田区富士見1-8-19　アスキー・メディアワークス
メディアワークス文庫編集部
「岬 鷺宮先生」係

失恋探偵の調査ノート
～放課後の探偵と迷える見習い助手～
著◎岬 鷺宮
失恋探偵があなたの恋の終わりをお手伝いします。

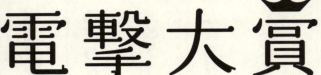